OZZY

Lou Valérie Vernet

OZZY

Recueil de Nouvelles

© Lou Valérie Vernet, 2025
Édition : BoD · Books on Demand, 31 avenue Saint-Rémy,
57600 Forbach, bod@bod.fr
Impression : Libri Plureos GmbH, Friedensallee 273,
22763 Hamburg (Allemagne)

ISBN : 978-2-3225-1622-3

Dépôt légal : Mars 2025

Ouverture

Si j'étais le monde ?
Ah, si j'étais le monde...
Ce que je ferais !

D'abord, c'est sûr, je tomberais à genoux. Le regard au plafond du ciel et les bras ouverts, tendus à l'infini, j'implorerais la terre de pardonner aux hommes de lui piétiner la face, de profaner son ventre, d'asservir ses ressources.

Je vomirais l'injustice jusqu'à supplicier les bourreaux, les traîtres et les malins.

Je condamnerais le béton à s'emmurer d'isolement en peignant sa grisaille aux couleurs de l'arc-en-ciel.

Je pleurerais d'impuissance devant la bêtise édifiante des pensées imbéciles. Et je noierais les abjects dans la fange de leurs monstruosités.

Alors, seulement, je demanderais une minute de silence, chaque jour et partout, pour le cycle des vies qui vont et repartent à chaque seconde, les arbres endeuillés, les animaux sacrifiés, les humains foudroyés.

Ivre de possibles, j'accrocherais au bout de mes dix doigts des conditionnels à n'en plus finir et, devenu le monde, j'éduquerais les oiseaux à chanter plus fort que tous les hymnes nationaux, leurs courses drainant à leur suite un souffle de vie plus libre que tous les idéaux.

Je soufflerais au vent de s'ébattre comme une caresse, au soleil de briller sans irradier et à la lune de régner sans rendre fou. Les mers auraient des bras jusque dans chaque pays, nourriciers et bienfaiteurs.

J'élirais les différences au rang de richesses à cultiver, invitant les contraires à respecter la plus infime de leurs nuances.

Je traquerais l'indifférence, l'ignorance et la peur qui sont à la guerre ce que l'œuf est à la poule *(l'éternelle et absurde question du commencement)* en pointant au bout de leur haine le sourire d'un enfant, le parfum d'une femme.

Je brûlerais dans un grand feu blasphématoire tout ce qui se revendique d'argent, les effigies numéraires, les icônes en papier-monnaie avant d'en édifier un monument si laid et si difforme qu'il serait à jamais impossible à celui qui le regarde de vouloir lui consacrer toute une vie de labeur.

J'apprendrais aux malades à reconnaître la souffrance qu'ils n'ont jamais voulu entendre et qui a tant blessé leur âme avant de terrasser leur corps.

Je punirais le paraître à tout homme qui ne saurait déjà être. Puis j'habillerais d'indulgence et de compassion ce pauvre hère démuni de son seul bien - lui-même dans sa parfaite nudité.

Je réformerais l'école dans un apprentissage du jeu, des arts et de la création.

Je ferais tellement, qu'à la fin, j'oublierais peut-être que je ne suis qu'un homme.

Et même un mauvais homme.

8

HANG

Si c'était à refaire, je le referais.
De la même façon.
Parce que l'instinct ne se trompe jamais.
Parce que la brutalité et la mort ne sont pas dans le sang qui a coulé, dans cette vie qui s'échappe et que l'on condamne.
Mon crime n'est pas d'avoir foncé tête baissée. D'avoir eu ce sursaut rageur. De l'avoir massacré à mains nues. Ce n'est même pas, comme ils l'ont écrit, cet acharnement à le réduire « en bouillie » alors qu'il était déjà mort.
Quand ils m'ont appréhendé, j'en étais à lui crever les yeux et les tympans. Mourir par là où l'on a péché. C'était clair dans ma tête.
Au-delà du caractère « bestial » de mon acte, je savais que c'était juste.
J'étais conscient. Terriblement lucide. Pendant qu'une partie de moi défonçait ce type à coups de poing et de pied, une autre partie de moi remontait le temps. Ces quelques minutes avant l'assaut. Là où tout bascule. Impitoyablement.
Evidemment je n'ai rien dit, rien expliqué. Je ne me suis même pas débattu et je les ai laissés m'emporter. C'est surtout pour ça qu'ils m'ont condamné.
Qu'ils ont fait de moi, un fou sanguinaire.
Le silence que je leur ai opposé a été ma pire sanction. Le pauvre avocat commis d'office n'a cessé de me le répéter, à en devenir fou lui aussi.
Vous vous condamnez tout seul à ne rien dire. Vous provoquez les jurés. Votre mutisme vous

dessert. Ils le prennent pour de l'indifférence. Parlez, nom de Dieu.

Je dois reconnaître qu'il a tout essayé pour me sauver. Pour me comprendre. Mon passé, ma vie, mes relations, tout a été fouillé. Je n'avais pas le profil. Quelque chose clochait entre ce que j'avais été et ce que j'étais devenu.

Entre le poète et le tueur, il y avait maintenant la femme du « Hang ».

Une perle brisée, une magie saccagée. Plus que mes poings n'auraient pu venger.

C'est vrai, mon sang n'a fait qu'un tour. J'ai eu comme une grande déchirure. Et une pulsion « salvatrice-destructrice » s'est emparée de moi. J'ai bondi sur mes deux jambes et j'ai fondu sur l'irrévérencieux. A chaque coup, je sentais craquer ses os. Son sang giclait de partout, je le sentais poisser mes mains, et plus cet homme se réduisait en larve sanguinolente, plus ma rage amplifiait. Il est devenu poupée de chiffon, ne s'est plus débattu et même à terre, j'ai continué.

Et pourtant, ce n'est pas moi qui avais commis le crime, pas moi qui avais changé le cours des choses, pas moi qui avais sali la vie.

Non ! C'était cet homme que l'on m'accusait d'avoir défiguré, broyé, énucléé.

Lui, sa bêtise, son ignorance, sa sauvagerie. Cette certitude de pouvoir profaner la vie en toute impunité. A ce stade, pour moi, cela n'avait plus d'importance. La digue avait lâché. Si c'était à refaire, je le referais.

De la même façon.

Et pour les mêmes raisons.

Parce que j'entends encore cette mélodie à couper le souffle. Qui s'élève et virevolte. Cette mélopée sans mots, juste quelques notes qu'une main experte égraine. L'instant de grâce, magique. Ces quelques minutes où je n'avais jamais été aussi près de toucher les étoiles, le ciel. Les anges.

Qu'est-ce qu'ils auraient pu comprendre ? Eux, les avocats, le procureur ? Leur robe noire, leur mime outragée, leur sentence exemplaire. Eux qui chaque jour avançaient tête baissée, aveugles et sourds.

Auraient-ils entendu comme moi je l'avais entendue, cette musique gravir l'échelle de la verticalité, s'affranchir de la pesanteur, monter comme une bulle de champagne, légère, cristalline et tournoyer dans l'air en une onde heureuse.

J'étais saisi, en transe, je montais avec elle, j'étais en train de rejoindre les cimes. Délesté de ma souffrance, de ma sordide condition humaine, je devenais libre, flottant quelque part dans l'espace, empli de sagesse et de bonheur inconditionnel.

Elle est là, encore, un peu, tout au fond de moi. Et avec elle toute la poésie du monde. Elle plane dans cette geôle misérable où je suis enfermé depuis des jours. A elle seule, elle fait entrer le soleil et remplit l'espace entre les barreaux. Même s'il pleut au dehors et que l'humidité fouraille mon corps de grelottements saccadés. Elle balaye tout, m'enveloppe, me réchauffe.

Il me suffit de fermer les yeux et d'écouter.

Alors les larmes viennent.

Encore une chose qu'ils n'auront pas.

Le sel de mes yeux qui s'écoule dans le souvenir. Qui vient tracer le chemin.

Oui, si c'était à refaire, je le referais. De la même façon. Pour les mêmes raisons. Et sans regrets.

J'errais dans la ville depuis l'aube. Depuis que le silence oppressant de mon appartement m'avait jeté dehors. Comme toujours, la solitude prenait trop de place, elle m'étouffait, je me sentais cerné.

Marcher le matin aux premières lueurs m'en guérissait à chaque fois. Il me suffisait de faire quelques pas, de m'asseoir sur un banc, d'étendre les jambes, de pencher la tête en arrière et d'attendre l'aurore. Contempler la naissance du jour, en absorber chaque frémissement, et le vide en moi se transformait en plein. Chaque seconde bourgeonnait une énergie qui venait choyer mes fissures.

Quand la nature avait fait son œuvre, je me redressais, puissant. Certains ont la caféine en piqûre de rappel, garrottée à la veine de l'envie.

Moi il me suffisait d'une aube, d'un bouton de soleil, d'une parcelle de beau, d'un horizon.

Surtout le dimanche.

Un jour sacré, le dimanche.

Le temps distendu invite à l'errance et l'oisiveté, promet dans sa langueur qu'aucune seconde ne nous échappe. La majorité des gens exècre le dimanche.

Pas moi.

Il me permet de n'être plus qu'une entité divagante, sans contrainte, curieuse d'une périphérie de vie aux aguets d'un regard bienveillant. Je marche beaucoup le dimanche. Je m'arrête souvent. J'écoute. La ville en dilettante, sa rumeur nonchalante, tellement différente de la semaine. Je ne fais jamais le même circuit.

Ce soir-là, il m'avait mené au Père Lachaise, devant cette bande de pelouse qu'on appelle le Jardin du Souvenir.

Il y avait une jeune femme. Elle était seule.

Assise en tailleur, les yeux à demi fermés, on aurait dit un ange. Une sorte d'aura incarnée, gracile et majestueuse à la fois

Posé entre ses cuisses, un drôle d'objet, gris acier. Comme une mini soucoupe volante qu'elle effleurait du bout des doigts, avec grâce.

Je n'avais jamais rien vu de tel. Ses mains habiles dansaient autour de l'idiophone, révélant des sonorités insoupçonnées, proches de la harpe ou d'une cloche. Des sons d'une pureté incroyable. Enivrants, cristallins, presque fragiles. Ses volutes poétiques résonnaient en moi comme un jardin d'Eden. J'étais comme aspiré, pris dans une spirale de délices.

Cette femme jouait comme une caresse éternellement posée sur les plaies du monde. La musique emplissait l'espace. Une farandole d'amour et de volupté.

Je n'avais jamais rien entendu d'aussi beau, d'aussi grand, d'aussi généreux.

Elle était là, comme en absence, dans sa bulle, offrant une part d'humanité aux fantômes du lieu. Jouant un air inconnu, proche du divin.

J'étais subjugué. Planté devant elle.

Avec dans le cœur un débordement qui venait brouiller ma vue.

Je me suis assis, incapable de rester debout, mes jambes ne supportant plus mon poids. A un moment, elle s'est arrêtée de jouer et a levé les yeux. Surprise. Un peu hagarde. Comme si elle revenait d'un long voyage, étonnée d'être à quai. Face à moi, complètement hypnotisé, en larmes.

Pendant que les dernières notes rejoignaient le silence, une conversation muette s'est engagée entre nous. Une connexion telle que toute l'énergie du monde semblait suspendue, en apnée. Comme retenue par un fil invisible. Exponentielle.

Des secondes d'éternité repues de douceur et d'intime consentement. Le temps que mon émotion s'apaise et prenne la parole.

Alors je lui ai avoué n'avoir jamais rien entendu d'aussi beau, d'aussi fort. D'aussi…

Au point d'en perdre les mots.

J'étais bluffé. Moi, le poète ! Dont le métier était d'en mendier chaque syllabe. Aphasique !

Elle a souri. Mimant une moue comme pour me dire « Ah bon ?! » et puis elle m'a expliqué que c'était là toute la magie du « Hang ».

Que c'était un instrument d'exception. Rare.

Qu'il était né par envoûtement, lorsqu'un couple suisse avait un jour découvert son petit frère, le steeldrum. Tombés sous le charme de ce « tambour » des Caraïbes, ils avaient mis des années à s'en fabriquer un. Faisant appel à des physiciens, tentant toutes les formules, testant divers matériaux et maintes évolutions.

En 2001, le « Hang » avait pris sa forme définitive. Assimilé à une percussion, il en était pourtant à mille lieues. Ce volume lenticulaire composé de deux hémisphères en acier a rendu fous les gens. Dès sa sortie. A tel point que ses inventeurs avaient arrêté sa production. Seuls les passionnés montrant patte blanche avaient pu se le procurer.

A qui sait le caresser, une pointe d'extase est promise. Pour ma part, et sans me vanter, c'est tous les jours. Même si je ne suis qu'une « barbare » comparée à d'autres.

Elle m'avait lancé un clin d'œil et s'était remise à jouer, d'un seul coup, comme si elle était fatiguée de parler. Comme si tous les mots du dictionnaire l'avaient lâchée, lasse d'un lexique trop cru. Etroit. Sans âme.

Ses doigts ont pris le relais et lentement la magie est revenue. Un ballet de tonalités entrelacées d'où jaillissait un refrain soyeux.

Le Hang avait son langage propre, intraduisible, singulier. Précis, magistral, parfait. Qui ne s'offrait qu'aux élus. Il fallait une oreille attentive et une intériorité spéciale. Il fallait être d'une autre planète, perché ailleurs, accroché à une étoile ou relié au firmament.

Ce que je ressentais encore plus à présent que le jour déclinait et que, sous couvert de la nuit, le monde entier semblait s'effacer pour nous engloutir. Elle, moi, le hang et grâce à lui, les infinies turpitudes cosmiques.

Je vivais un moment hors du temps, un de ceux dont on peut dire qu'il y a un avant et un après. C'en était presque douloureux. Tellement intense que je fermais les yeux. J'étais à fleur de peau, priant pour que dure cet instant.

C'est à ce moment-là que l'homme est arrivé. Il a foncé sur nous comme un bulldozer. Brisant dans un jargon obscène le charme d'un instant privilégié.

La réintégration d'avec mon corps physique a été violente, grossière, désastreuse. J'ai eu comme un étourdissement suivi d'un choc électrique. Mon sang n'a fait qu'un tour et quelque chose en moi a explosé. J'ai ouvert les yeux et lui ai sauté à la gorge.

Du paradis je plongeais dans l'enfer. Je sentais que je perdais les pédales, complètement habité par une pulsion à l'opposé du divin qui m'avait brutalement déserté.

J'ai libéré en moi ce que j'avais de plus sanguinaire. Incapable de m'arrêter. Presque heureux que me soit donnée l'occasion de me débarrasser de ce flot d'énergie. C'était à la hauteur et à l'exact contraire de mon envolée musicale. Ce sauvage m'avait ramené sur terre. A sa cruauté. A sa blessure primale. A son incohérence. A ses bas instincts. A sa condition purement animale.

La jeune femme s'était enfuie, emportant avec elle, son Hang, sa magie et ma part d'humanité.

J'ai su que c'était elle qui avait appelé les flics. Je venais de tuer son petit ami.

Certes, il avait hurlé, s'était jeté sur elle, avait brisé son Hang mais non elle ne comprenait pas pourquoi j'avais fait ça. Comment ça avait dérapé. Ni même qui j'étais. Au procès, elle n'a rien fait de pire ou de moins que dire Sa vérité. Mais sa version ne ressemblait à rien de ce que nous avions vécu. Je me suis senti seul. Si dérisoire dans Ma vérité. Alors j'ai choisi le silence. Personne ne méritait ces mots. Ils sont pour moi. Pour que subsiste une trace avant que le temps n'engloutisse ma mémoire. Depuis hier déjà, le souvenir s'efface. Je n'arrive plus à retrouver ce refrain qui m'avait fait tutoyer les anges. Des jours, longs comme un trou noir, que je suis enfermé ici et la musique du Hang s'éloigne.

Je sais ce qui m'attend. Plus rien d'aussi beau ne peut plus m'arriver. Le monde est laid. Grotesque. Quand on est touché d'un instant de grâce comme je l'ai été ce jour-là, il devient même d'une absurdité affligeante.

En prendre conscience, c'est déjà mourir.

Je ne laisserai à personne le droit de m'achever à petit feu. Coincé dans cette cellule. Quiconque me trouvera pendu et lira ces mots, sache que si c'était à refaire, je le referais.

De la même façon
 Pour les mêmes raisons.
Et sans regrets.

*Ouais, c'est ça le mytho. Tu sais quoi, ta prose de petit pédé commence sérieusement à me les casser. Tu nous refais l'histoire, à ta sauce, chaque fois que t'entends sonner la cloche du soir. Ton Hang, c'est rien que ta cervelle qui part en live, ton prénom d'asiat « **Hằng** machin chose » à la mords-moi-le-nœud. T'as buté ta môme et ça, tout le monde le sait. Six mois que ton crachin de merde me file la gerbe. Alors ce soir, tu la boucles ou sinon, putain...c'est moi qui vais te pendre.*

C'est vrai, mon sang n'a fait qu'un tour. J'ai eu comme un étourdissement suivi d'un choc électrique. J'ai ouvert les yeux et lui ai sauté à la gorge. Le dimanche, je ne fais jamais le même circuit.

CARACAL DREAM

On dit que les objets n'ont pas d'âme et donc pas de cervelle, de mémoire, d'affect. On dit encore qu'ils n'ont qu'une utilité réduite, vaincue par l'immédiateté et le consumérisme. Et que le monde court si vite à sa perte qu'un jour il périra par là où il a péché.

Un an après ma première prise en main, l'existence m'a appris que la première affirmation est fausse. La seconde vraie. Et la troisième relative. Evidemment je parle de mon point de vue. Et même s'il est déjà incroyable que je puisse le faire, je vous recommande de ne pas en douter. Que je sois le seul à témoigner ne doit pas vous fourvoyer non plus.

Les chiffres valent parfois plus que les mots. Et parlent vrai.

Surtout quand ils s'énumèrent de façon aussi impitoyable.

Fiche d'identité : Caracal

Munitions : 9x19 mm /9x21 mm/.357 SIG /.40 S&W

Capacité : 18/18/16/16 coups

Canon : 104 mm

Dimensions : 178 x 135 x 28 mm

Masse : 750 g

Evidemment, posé comme ça, cela reste flou. Vous voyez bien le danger mais encore son amplitude. Mais si je rajoute un menu fretin détail comme dirait mon maitre, là ça change tout.

Pour un résultat optimal de 24 impacts mortels sur 24.

Et vlan. Prend ça dans ta caboche !

A ce stade vous vous dites que je suis barge, complètement grillé et vous n'auriez pas tort. Quand on n'a plus rien à perdre, et c'est le cas, avouer ses crimes n'est qu'un pet de mouche sur le cul d'un éléphant. De mon maitre encore cette expression. Je l'adore.

Il m'a tout appris. J'ai été son plus fidèle compagnon. Très souvent son seul rempart face à l'adversité. Et toujours le dernier recours à sa solitude. Très vite il s'est adressé à moi comme à un ami. Je sais tout de son courage et de ses bassesses. Tout de ses nuits noires et de ces matins chagrins. Sans mon maitre, j'en serais encore à l'ère du pur objet : une arme utile mais détestable.

Mais mon maitre était un prince. Je n'ai jamais été un jouet dans ses mains. J'étais plus qu'un simple pistolet, bien plus qu'un vague caracal racheté à la contrebande. Il n'en finissait pas de me caresser, de me porter contre lui, de vérifier chaque jour que je ne sois ni cassé, ni blessé, ni même éraflé. Il avait mis toute sa confiance en moi. Toute sa force et sa détermination aussi. J'étais comme une greffe à sa main droite. Et ça, depuis la première fois.

Parce que ce jour-là, sans le savoir encore, je lui avais sauvé la vie. Et ça, ça ne s'oublie pas. Jamais. Ou alors c'est une trahison. Une abjection que seuls les humains ont l'arrogance de digérer souvent impunément.

Sa cible était là, une belle tête de pioche au crâne tatoué, les orbites défoncées, le rire gras, prêt à en découdre et à tout bonnement en finir. A cheval sur le torse de mon maitre, il lui assenait de la main droite de méchants uppercuts pendant que la gauche maintenait ses poignets et que ses jambes lui broyaient les côtes. Mauvaise posture si on peut dire pendant que moi je dormais, inutile et terriblement éloigné de son pouvoir, coincé dans son pantalon. Pile dans son dos.

Par quel miracle ai-je réussi à me glisser sur son flanc droit, la question reste posée. Ses gesticulations de fauve peut-être. Sa rage de vivre. Sa fierté aussi, un peu, peut-être. C'était la première fois que quelqu'un avait le dessus et le tenait presque immobile, à bout de forces. Il s'est tellement démené, tellement contorsionné que telle une anguille shootée à l'amphétamine, il avait réussi l'exploit de m'extirper de son épine dorsale pour me propulser sur le côté droit. Juste assez près pour me voir et réagir, enfin. Comme si son salut était là, dans ce petit miracle. Ma crosse rouge en clignotant. Dernière alarme de son cerveau groggy et défiguré.

Après ça, tout a été très vite. Il a poussé un sale cri et dans un élan de bête sauvage a projeté sa tête contre l'os nasal de son tortionnaire. Un frontal digne d'être élu meilleur coup de l'année. Le type a rugi en relâchant nettement sa prise. Mon maitre en a profité, un dixième d'une foutue seconde peut sauver une vie, sa main s'est libérée et dans un espace-temps infinitésimal, il m'a empoigné et a tiré.

Une fois. Une seule. Sur la tempe du gars.

Souvent, il m'a parlé de ce moment-là. De cet instant extraordinaire et du bruit transcendantal qui a suivi. C'est de là qu'est née notre relation si particulière. De cette détonation à quelques centimètres de ses yeux. Et du flash qui a pénétré sa rétine. Il en avait une vision nette, même un an après. Il me racontait souvent qu'il avait vu son double en moi, que je l'avais incarné tout entier et qu'aussitôt que la balle avait fusé j'avais ri comme le diable, heureux d'avoir bouffé la cervelle de ce type. C'était comme si je lui avais parlé, comme si de derrière son dos, déjà, je l'avais appelé. Dès lors, nous ne sous sommes plus quittés.

Certains soirs pourtant, quand il avait trop bu, il me posait sur ses genoux et je sentais ses larmes couler sur ma petite carcasse et mouiller ma gâchette. J'ai toujours eu peur qu'il ne finisse par appuyer dessus. Dans ces moments-là, il me racontait sa vie d'avant. Celle d'un gosse qui avait failli marcher dans les pas de son père. Un saint homme comme il disait. Droit, loyal, juste. Puis comme il en advient toujours des honnêtes hommes, un peu trop faibles et pleurnichards somme toute, la vie les met parfois au défi de se secouer mais son père avait reculé devant l'assaut et devant les yeux de son fils, il s'était ratatiné comme une mauviette. Ce jour-là disait-il, la honte l'avait assailli pour ne plus jamais le quitter.

Qui était l'assaut, dans quel contexte, de quelle honte parlait-il ? Il ne me l'a jamais dit. C'est je crois son unique silence à mon égard. La seule réserve à notre relation. Peut-être que s'il me l'avait avoué un jour, nos routes se seraient séparées. Parce que j'étais devenu l'arme qui, crime après crime, nettoie cette honte. Mon destin était lié à ce secret. Il y avait comme un pacte à respecter et une justice à rendre.

Notre route avait commencé à ses 18 ans. J'étais son premier vrai cadeau. Le seul qui, me disait-il, lui ai redonné confiance en son pouvoir. Aussi, je respectais ça. Aveuglément. Sans pitié pour ses ennemis. Sans états d'âme pour ses décisions. Une année durant.

Personne me répétait-il, n'avait fait durer ce genre de relation aussi longtemps. De nos jours, les gars n'ont plus de valeurs. Ils usent et abusent, volent et jettent à tour de bras. La loi dans ce milieu, c'est un coup tiré, une arme au rebut. Mais pas toi, je te le promets. Ces gars-là n'ont plus de rêves, d'idéaux, d'appartenance. C'est du chacun pour soi. Et de rajouter : les liens sont sacrés, quels qu'ils soient. On doit pouvoir compter sur son meilleur ami et tu es mon meilleur ami. Je suis fier de toi « Caracal Dream ». Que j'aimais ça quand il me parlait ainsi. J'entrevoyais déjà la prochaine action, l'aventure que promettait chaque départ précipité. L'idée de bien servir. D'être là, toujours, en parfait état de marche. Cette espèce de lien quasi organique et orgasmique parfois, d'où le sang jaillissait toujours et dont nous revenions fatigués mais heureux.

Du bon boulot, proclamait-il à chaque fois. Et c'était vrai.

24 impacts mortels sur 24 en 1 an.

Un rythme de dingue ! Mais pas sans bavure.

Il fallait bien que la machine s'enraye un jour. On ne défie pas les statistiques impunément. Si la jeunesse est vive, rusée et bien armée, elle n'en reste pas moins fragile et peu aguerrie face aux loups qui rôdent.

Il fallait se déplacer chaque jour, trouver des planques, payer des sentinelles, vivre principalement la nuit. En somme, devenir invisible. Et cela, sans jamais chatouiller la susceptibilité des bandes rivales ni faire d'ombre aux caïds mieux armés. Il n'avait pas réfléchi que ce système le projetait dans une spirale infernale. Il n'aurait jamais plus d'autres alternatives que tuer, encore et encore alors que moi, déjà, je me faisais vieux. Non que les 24 coups tirés aient eu raison de ma fatigabilité mais plutôt qu'entre chaque contrat, il aimait parfaire son apprentissage. Souvent, il m'emmenait dans les bois et choisissait toujours le même arbre. Un bon gros chêne au tronc solide et aux branches multiples. Il installait ses cibles au bout de chacune d'elles, des sortes de serpentin en papier qui, selon le vent, tourbillonnaient de façon aléatoire. Et il tirait. Jusqu'à 10 coups à chaque fois. Ça le faisait marrer autant que ça le défoulait. Ses chances de réussite, assujetties au climat, était pourtant minimes mais il exultait.

Tu entends ce silence, me disait-il, et bien on va lui faire la peau. Donne-moi un cri, un seul, concentre-toi et fais-moi exploser ce putain de silence.

Je crois qu'il n'aimait pas le silence. Trop bruyant. Trop lourd à porter. Trop significatif. Alors évidemment, à ce rythme-là, ce qui devait arriver, arriva. Au 25ème contrat j'ai loupé ma cible. Qui elle, en retour, n'a pas loupé mon maître.

Je dis « Je » parce que c'est ainsi que les choses se sont passées. C'est moi qui ai dévié ma trajectoire, qui ai glissé de ses mains, qui l'ai rendu vulnérable. C'est moi qui me suis retrouvé dans la main de son ennemi, à bout portant, sans aucune chance d'enrayer la suite des événements. J'aurai pu ou dû bloquer le tir. Je me devais d'intervenir comme je l'avais fait la première fois. Ne pas répondre à une autre injonction que la sienne. Mais, non, que nenni ! Je n'ai rien retenu de ma force. L'homme qui m'avait attrapé et me tenait fermement a fait de moi ce qui lui semblait juste. Sans rien me demander. Dans une détermination froide et sans affect, il m'a forcé à tirer sur mon maître.

Et j'ai tiré. Un coup. Un seul. En plein cœur. Puis il m'a balancé à l'eau en même temps que le cadavre de mon maître.

Plus tard, quand les flics nous ont repêchés, on nous a mis dans des sacs plastiques. Un gros noir pour lui. Un petit blanc pour moi. Et nos chemins se sont arrêtés là. Je n'ai plus jamais revu mon maître. J'ai fini dans un vulgaire scellé d'où l'on me sortait parfois comme pièce à conviction.

Tout a été dit. Surtout le pire.

Des mains retorses me brandissaient comme l'ultime preuve et s'acharnaient à pilonner mon maitre de beaucoup d'extravagances. A croire que je n'avais pas 24 crimes à mon actif mais tous ceux pour lesquels la justice voulait un coupable.

Ils ont refait l'histoire à leur façon. Tout ce que j'avais fait s'est raconté à mon insu. Comme si je n'existais pas. On me brandissait comme la preuve ultime. Et à chaque sentence, je maudissais ce putain de silence qui faisait de moi un lâche.

Et un traitre.

Je me devais de rétablir la vérité et c'est ce que je fais aujourd'hui, du haut de mon étagère, dans le sous-sol des archives. Grâce à Eugène, le gardien.

Il a passé toute sa vie au fond de ce trou. C'est un peu l'ancêtre du lieu et sa mémoire. Tout ce qui atterrit ici passe entre ses mains. Il en a la responsabilité. Il connait tous les dossiers par cœur. Et je peux vous dire qu'il en a vu défiler des intrigues et des preuves.

Et comme à chaque fois, avant de les refourguer au fin fond de l'oubli, il se fait un devoir d'en apprendre le contenu. Il lit les preuves à charge, une première fois consciencieusement, puis une seconde fois pour vérifier qu'il a en mains tous les éléments concrets. Après, ce qui se passe, ne lui appartient plus vraiment. Il laisse divaguer son imagination. Et il réécrit l'histoire.

Tout le monde connait ses velléités d'écrivain frustré et son empathie pathologique. Certains le prennent pour un original, d'autres, plus nombreux, le croient fou.

Mais qu'importe. Lui, il s'en fout. Ce qu'il aime, c'est se tenir derrière la porte, au-delà du concret, dans la lointaine mémoire du monde et donner une dernière chance aux choses, une conscience juste, précisément là où la justice des hommes n'en voit jamais.

Et ainsi croire, que de sa prose, naitra la confession pour que justice soit rendue.

Dans son entièreté.

Perdu !

1/

Ce blanc virginal, grotesque, obsédant. Chaque année, à la même date. Une tentative de purification. Lavage après lavage, éliminer les scories, tendre vers un dissolvant universel, croire à l'élixir de longue vie. Lessivage symbolique, grossier et sans égal qui ferait retourner dans sa tombe l'ingénieur-chimiste et alchimiste Jacques Bergier.

Ce énième blanc. Couleur de la mort et de l'au-delà. Symbole de pureté et de propreté, caractéristique des fantômes et apparitions. Du mutisme surtout. Aussi cru et vide que son impuissance. Devant lequel l'homme s'enlise depuis 24 heures, indécis, malheureux, frustré. Qui n'efface rien. Bien au contraire. Qui nomme outrageusement l'absence. Accroît le silence. Amplifie la pensée. Sur lequel il bute, se perd et s'essouffle. Impuissant depuis 18 ans à y apposer autre chose qu'un esprit vérolé. Et pourtant, il hésite encore.

Dans le grand bureau qu'il a fait repeindre ce matin, comme chaque année, un 13 mai, un silence de fin du monde bourdonne à son oreille. Telle une ruche en pleine activité, un acouphène nocif le pénètre. Il n'a pas encore 50 ans mais de grands cernes noirs alourdissent déjà son regard. La fatigue et la rage s'en disputent la dureté. Mille fois, depuis des années, la rage l'emporte et sa mâchoire se contracte à l'excès. Tout son visage semble alors se figer et c'est comme si l'univers d'un coup s'arrêtait de tourner. Le silence s'abat à l'extérieur cependant qu'un bourdonnement intérieur menace de le faire imploser. Devant cette dichotomie, qu'il ressent nettement, l'homme se trouve comme écartelé, pris au piège, saisi dans l'instant. Plus rien n'a d'importance. Plus rien ne fait de sens. Plus rien n'est tangible. Et il reste ainsi quelques minutes. En rupture. Au milieu de son propre chaos.

Il y a longtemps qu'il ne lutte plus. Ses absences répétées ne sont que la manifestation, folle et viscérale, de celle de sa femme. Il l'a compris il y a fort longtemps. C'est un vide à rendre fou qu'il n'a jamais su combler. Il n'a d'ailleurs jamais rien fait pour. On ne lutte pas avec les trous d'air. On se laisse aspirer. On en espère même la chute. Certain que la prochaine crise ne nous relèvera pas. Et pourtant, à chaque fois, la vie continue de battre. Passé le cataclysme, quelque chose s'enclenche qui ne dépend même pas de soi et qui force à vivre.

En tant que médecin, le pronostic est sans appel. D'ivre d'aimer il est passé à fou de haïr et cette haine-là le tient en vie plus sûrement que tous les « process » auxquels il participe. Jamais personne n'inventera rien de mieux pour prolonger la vie de l'homme que son propre sentiment d'exister. Qu'il se nourrisse de haine, de rage, de violence, et son éternité lui sera sans doute donnée. Aucune pilule contre le vieillissement, aucune opération de remplacement, aucun des stratagèmes mis en place à chaque nouvelle avancée médicale ne sera plus puissante que la rage de vivre. La monstrueuse machine humaine le prouve chaque jour. Elle est au-delà de ce qui se fait de bien. Elle dégomme tout ce que le bonheur restaure. Elle a plus d'armes que toute la bonté laborieuse de quelque fanatique du bonheur. Contre une armée sanguinaire, une armée de bons sentiments ne peut rien. Même en nombre restreint, le désordre sait et saura toujours retourner le grain de sable qu'il faut. Un seul suffit toujours à enrayer la machine humaine.

Un 13 mai de trop. Issu de l'alchimie aveugle du destin.

Pourquoi avoir attendu 18 ans, ne pas s'être libéré avant, avoir tant lutté pour finalement décider aujourd'hui de rompre les amarres ? La fatigue, certainement. L'usure. Le dernier bout du bout. Quand on ne croit plus à ce stade qu'on s'en relèvera. Pour vérifier aussi. Ce qu'il s'apprête à faire pousse en lui depuis 18 ans. Il est temps de lâcher prise.

La mort de sa femme. La naissance de son fils. Un vase communicant qui n'a fait qu'empirer au fil des anniversaires. Celui-là est de trop et il le sait. Ce soir ils régleront leurs comptes. Définitivement.

2/

Journal de bord. Note à moi-même :

Rappelle-toi, si tu es là, c'est qu'un jour tu as gagné sur des milliers d'autres. Cette victoire, tu peux la reproduire autant de fois que tu veux. Ce gène est à toi. Retrouve-le, prends-le par les couilles et vas-y, fonce !

Citation : « Toutes les vérités entrent peut-être dans le monde à l'état de chimère ». Claire de Lamirande.

A celui ou celle qui trouvera ce journal, je m'appelle Antoine.
Antoine F.
Mais je pourrais tout aussi bien m'appeler Y2K et des poussières. Je suis l'un des derniers enfants du second millénaire. Cette année-là, le monde entier avait les yeux rivés sur la plus grande horloge informatique du monde. Bogue ou pas bogue ? Pas bogue. Si ce n'est moi. Au 9, rue des Martyrs à Paris. Il n'était pas prévu que j'arrive avant que ma mère ne soit confortablement installée dans la clinique privée de mon père. Tout s'est passé très vite. Trop, sans doute. Elle m'a expulsé en même temps que son dernier souffle.

On ne peut pas dire qu'il en ait aimé l'idée. Ni moi par la suite. Son indifférence à mon égard est au moins égale à sa détermination de me le faire payer. Aujourd'hui j'ai 18 ans et je sais que son cadeau sera à la hauteur de mon crime. Il est presque 6 heures, ce matin du 13 mai, et j'ai l'impression de goûter l'aube comme si c'était la dernière. Peut-être que je me trompe. Et que ce sera enfin la première.

Il n'est plus obligé à rien. Il pourrait me chasser. Ne plus avoir à me supporter. Encore moins aujourd'hui. Mais hier soir, il m'a laissé un post-it comme à chaque fois que nous avons besoin de communiquer pour me dire de ne pas bouger de la maison. Et depuis j'attends.

J'ai tenté d'imaginer mille versions de cette journée. Cela fait des années que je m'y prépare. Il me l'a écrit un jour. « Nous nous retrouverons. H moins 12 ». A l'époque, j'avais 6 ans, je piquais encore des crises pour tenter un rapprochement. N'importe lequel. Même en force. Puis j'ai cessé. Mais je n'ai pas oublié « H moins 12». Mes 18 ans. On y est. En l'attendant, j'ai relu tous les post-it qui ont œuvré à notre relation. Ils sont tous regroupés dans des cahiers. 24 en tout. Petits carreaux, grand format. Ce ne sont à chaque fois que quelques notes. Des exigences. Des rappels à l'ordre. Des « tu dois, il faut. N'oublie pas. Recommence ». Mes préférés d'entre les pires commencent tous par « Je sais... ». « Je sais que... mais c'est impossible ». Une façon bien à lui de dégommer sa culpabilité. Toutes ses promesses ont toujours connu cette mise en mots définitive. Impossible dans son jargon voulait dire « le boulot». Et devant le boulot, on ne plie pas. On sacrifie tout. La vie des autres c'est important. Surtout depuis que je suis passé avant celle de ma mère. Plus de 10 ans de ces post-it, notés proprement, avec cette écriture serrée et droite qui atteste, si tant est qu'il faille encore une preuve, de son intransigeance à mon égard. Cette nuit, je me suis dit qu'il était plus que temps d'en arrêter la compilation. J'ai même pensé à partir. Sans l'attendre. Mais je suis bien trop curieux.

J'attends presque avec espoir le dernier post-it qui me dira « impossible ». Alors je fermerai la porte. Et peut-être que, effectivement, ce sera une nouvelle aube.

3/

Les heures s'écoulent. Il est figé. Tant de blanc tout autour alors que ses pensées sont noires.

Zébrées de rouge. De tout ce sang versé pour que naisse l'enfant. Son enfant.

Comme un naufragé après la tempête. Presque sans vie. A demi-mort. Bien sûr qu'il l'a secouru. Plus que son métier, c'est son instinct qui l'a conduit à s'occuper de lui avant sa femme. Des minutes précieuses. Ou pas. Il ne le saura jamais. Son dernier souffle, elle l'a poussé seule. Il n'a rien vu. Aveuglé de trop de sang, d'urgence et d'un cri qui ne venait pas. Mais après ça, plus rien. En sauvant l'enfant, il a tout donné et perdu. Il aurait préféré que ce soit l'inverse. Un enfant ça se refait. Il a longtemps lutté contre cette abomination de penser.

Aujourd'hui il craque. Personne n'aurait dû survivre. Même pas lui. S'il avait été plus courageux. Il n'aurait sauvé personne. Il se serait tiré une balle dans la tête. Ses 18 ans en apnée lui offrent enfin cette certitude. Plus aucune couche de blanc n'effacera sa mémoire.

Il est temps d'en finir.

Et pourtant, il hésite.

4/

Journal de bord. H plus 2 heures.

Je l'attends toujours. Le jour est tombé. J'ai fait une dernière fois le tour de notre pavillon. Il est aussi vieux que nous. Usé de poussière et de pluie. Gangréné par la haine et le rejet. Il sait que je ne partirai pas. Il arrivera en retard. Il joue encore. Une dernière fois. Je suis sa proie. Et pourtant, aucun des deux ne ratera cette ultime confrontation. On n'a pas tenu bon jusque-là pour s'enfuir comme des lâches. 18 ans qu'on se tourne autour, qu'on se renifle comme des bêtes, qu'on s'interroge en silence, qu'on mesure notre capacité d'attente à l'opacité des silences qui ont forgé des murs plus hauts que toute la chaîne himalayenne et la muraille de Chine réunies.

Personne avant aujourd'hui n'a voulu sortir de cette prison. Ça a toujours été comme un accord tacite. Moi je sais d'où il vient. H moins 12. Mais lui, peut-être vais-je enfin l'apprendre. Il y avait tellement de solutions pour se débarrasser de moi. Tellement d'alternatives à cette promiscuité de vie. Il ne m'a même pas placé en internat. C'était pourtant facile de ne pas m'avoir sous les yeux à chaque instant. Il aurait même pu me tuer. Me nouer le cordon autour du cou. Dire en trouvant ma mère exsangue sur son lit que pour moi non plus il n'avait rien pu faire. Mais non, il m'a gardé. Et en vie et auprès de lui. Je peux toujours m'engager à la légion étrangère, je ne vivrai pas plus bas. C'est long, 18 ans, quand pas un son ne franchit la bouche de votre paternel, quand pas un geste ne vient même érafler votre peau, quand chaque regard est un laser, chaque pensée un missile, chaque présence une absence. Sans jamais hausser le ton, ni même me frôler, m'interdire ou me menacer. Il a su être là pour moi sans y être jamais d'un pouce, d'une gifle, d'un jeu, d'un partage. Il a longtemps laissé ce soin à d'autres. Chaque année une nounou différente jusqu'à mes 9 ans. Et encore, que pour l'essentiel. Repas. Soin. Corvée du grandissement. Après, plus personne. Il a dû estimer ma maturité suffisante.

Il n'y a pas si longtemps, je me suis demandé comment il avait réussi cela. Sans jamais perdre la face ou se départir de son rôle. Cela a même forcé mon admiration. Et puis je me suis vu. Moi-même. Robotisé comme lui. Incapable de sourciller, d'élever le ton, de ressentir quoi que ce soit. J'ai compté les amis que j'avais. Aucun. Compté les jours où j'avais ri. Aucun. Tenté de me souvenir de toutes ces années et de ce que j'avais bien pu en faire. Sans succès. Comme si chaque jour effaçait le précédent dans un éternel recommencement. Une routine sans son, sans image, sans aspérité. Sans attaches. Si ce n'est la nôtre. L'un à l'autre. Lié par je ne sais quel sortilège. A se tourner autour. Se renifler. S'attendre.

Fallait-il vraiment qu'il y ait une date butoir ?

Et après, que va-t-il se passer ?

5/

Deux heures qu'il stagne à deux rues de chez lui, dans sa voiture. Tout se joue ce soir. La mort ou la vie. Il hésite encore.

La colère, la honte, la tristesse, la rancune, le regret, tout se mélange, s'invite, la « migraine » de nouveau. Il a passé sa journée en cacophonie de souvenirs, tour à tour absent et terriblement conscient. La vérité est un miroir grossissant. Qui lui explose enfin en pleine face. Des années qu'il la fuit. Il fallait que ce jour arrive. Il ne peut plus se mentir. S'en prendre au gosse. Croire qu'il est innocent. L'enfant est presque un homme à présent. Il ne peut plus faire comme si. Ce soir est l'ultime brimade. La dernière avant qu'il ne s'en aille et le laisse seul. Totalement seul. Sans plus personne à punir que lui-même.

La grande roue tourne. Elle finit toujours par le faire et le boomerang finit sa longue trajectoire. Revient à son point de départ. Plus ou moins ciblé mais jamais très loin du premier élan. L'homme sait pourtant qu'il lui reste encore un choix. Le prendre en pleine face ou le réceptionner. Dans les deux cas, ça fera mal. Très mal. Le boomerang ne perd rien en puissance, même des années après. Il revient et c'est tout.

Et après, c'en est fini.

6/

L'un est déjà sur le perron, le second s'est arrêté en bas des marches. Première inversion. L'enfant pour une fois domine le père. Dans le regard qu'ils échangent, chacun comprend que la vieille mécanique est rompue. Leurs regards se croisent et pour la première fois l'enfant ne baisse pas les yeux. Un long échange muet s'ensuit qui fait ciller le père. Seconde inversion. Ils sont sur le seuil de la maison. Là où tout va se décider. Définitivement. Un mot, un geste et ils sauront. Celui qui part, celui qui reste. C'est une lutte de l'intérieur. Des mots, ils ne savent pas en mettre. Il est trop tard. Il n'est plus question que d'énergie, de forces en contraste, d'aimants qui s'attirent ou se repoussent.

Troisième inversion. Le père a enfin un mouvement de recul. Son fils braque sur lui un pistolet. S'il l'a trouvé, c'est donc qu'il a pénétré dans son bureau. Le seul angle mort de cette maison. De là où le boomerang est parti... et enfin revenu. Ça veut dire aussi qu'il sait tout, qu'il a trouvé la boîte. Ses secrets. Son imposture. Et pourtant l'enfant ne dit rien. Ne réclame rien. Ne le harcèle pas de questions. Il a dû refaire l'histoire et n'a que faire des explications. Il braque le pistolet, garde ses yeux fixes. Ni rictus, ni grimace, ni larmes. Rien ne l'ébranle. Il est figé et il attend.

Retour à l'équilibre. Pour la première fois en 18 ans, le père se sent en accord avec les éléments. Il sourit presque. Quelque chose dans ses yeux se rallume. Un espoir. Une folie. Il peut presque voir le boomerang qui dévie de sa course. Bientôt il n'aura plus aucune faute à expier. Si son fils tire, le fardeau ne lui appartiendra plus. Certes, il mourra mais il aura gagné. Son fils sera enchaîné à vie. A lui, leur histoire, leur passé, tout ce que la vie balance de dégueulasse. Ça sera à son tour de peindre et repeindre les murs de sa vie pour décrasser la noirceur de son âme. Qu'il ait tort ou raison, qu'il soit comme lui pétri de culpabilité n'y changera rien. Bien au contraire. Il se sera condamné. Tout seul. Il n'aurait pas fait mieux. Se sauver lui, une fois encore, c'est condamner son père. Comme son père l'a sauvé lui en condamnant sa femme. La boucle est bouclée.

Ultime inversion. Le silence a trop parlé. Dans cette confrontation, l'enfant a compris ce qui se jouait. Et d'un seul coup il a tiré. Son bras s'est replié d'un mouvement brusque et il a tiré. Une seule balle. Entre les deux yeux.

Les siens, qui, jusqu'à la fin, ont regardé son père sans sourciller. Le père a perdu !

Double *Je*

Mon premier est une silhouette, longiligne, presque sans consistance. Sorte de funambule, vaporeux, aérien. Friable.

Un regard fier, bleu acier, un rien moqueur. Espiègle, dirions-nous. Comme une audace dans le clignement des paupières qui suggère et prédit, mais sans arrogance :" Ne vous y fiez pas. Oui je ploie mais jamais ne tombe. Et au fond, qu'importe ! ».

Puis, comme s'il était utile de le préciser, en ajout, est tatouée une finalité, noire sur peau, maxime sans équivoque « *Alea jacta est »* sur son avant-bras, le droit, en prolongement d'un poing, le plus souvent serré.

En toute saison, une chemise retroussée jusqu'aux coudes et ces douze lettres noires, insolentes, parfois indolentes ou crispées, selon l'humeur, le jour, le défi qui suivra.

Quoi qu'il en soit, toujours exposées au regard des autres comme une ultime provocation. Une certaine façon de voir les choses, de les dire, de les assumer, d'en prévenir les conséquences, d'en justifier les débordements.

Trois mots pour une vie.

Une maxime volée au grand Jules César, reprise à son compte qui vaut toutes les explications. Qui nomme son destin tel qu'il est. Etait. Sera. Toujours. Sans fioritures.

L'homme en a conscience. De toute sa hauteur dégingandée, il sait. Combien la vie est un jeu, combien tous ils se trompent. Loin de toutes ces simagrées qui font bomber le torse à certains et pérorer d'autres, en faisant croire à ce qu'ils sont qu'ils ne seront jamais, il sait.

De quelque manière qu'on s'y prenne, la mort gagnera.

Alors, oui, autant jeter les dés et advienne que pourra.

Mon second est une femme. Rousse, échevelée, svelte, aux yeux verts. Avec autant de taches de rousseur qu'il existe d'étoiles dans le ciel.

Enfin c'est souvent ainsi que l'homme y pense, le clame ou le murmure.

Une voie lactée de petits poings comme de minuscules grains de café, bruns, noisette ou bistre, qui, il en est certain, nomme précisément chaque astre, en retrace la course. Aux origines du monde. Un chemin quasi divin pour dire l'essentiel et ne plus avoir jamais à en débattre.

Un sourire à faire des ricochets sur tous les visages rencontrés. Des plus ternes au plus gais. Parce qu'irrésistible. Entier. Généreux.

Des mains de pianiste, enjôleuses, caressantes, hypnotiques.

C'est encore l'homme qui en parle le mieux. Le plus. Avec emphase. Subjugué depuis déjà une année bien tassée. Et deux mois et trois jours et quatre heures et cinq minutes à l'heure d'en faire le bilan. D'en feindre le décompte. A tenter d'en dénouer la pelote.

La femme, elle, ne dit rien.

Elle sourit.

Nietzsche en mémoire.

« L'homme véritable veut deux choses : le danger et le jeu. C'est pourquoi il veut la femme, le jouet le plus dangereux ».

Comme le tatouage de l'homme, elle se donne bonne conscience. Une citation pour une maxime et le tour est joué.

Un point partout, la balle au centre.

Mon troisième est la rencontre fortuite entre ces deux-là.

Dont personne ne sait si c'est un coup de Dieu ou du Malin, du hasard ou du destin, d'un pari fou pris par quelques diablotins un jour d'ennui.

Un clash, une collision, en plein carrefour, dans un petit village du Val d'Oise. A ce point précis d'une trajectoire qui n'aurait pas dû advenir.

Six heures sept du matin, pas un chat, pas un bruit, pas même un coup de vent ou un chien qui aboie. Eux seuls, chacun au volant de sa voiture, à se barrer le passage, elle venant de la droite, lui ne la voyant pas.

Toute latitude d'aller et venir sans se croiser et puis non, l'accident, l'incident, le choc, l'arrêt, les portes qui claquent et…

Patatras.

Un arrêt sur images. La rencontre. Le rendez-vous. A croire que c'était écrit. Obligé. Prévu.

Indispensable.

Un seul regard et l'engrenage.

Même si tout les sépare.

Mon quatrième est un pan de l'univers entier à la dérive de ces deux-là. Deux continents, des antipodes. Un vaste champ de différences. Aucune similitude.

Lui le funambule, doux rêveur, en perpétuel équilibre sur le fil de sa vie. Joueur, inconstant, des projets plein la tête, laquelle se perd le plus souvent dans les étoiles. Libre, égoïste, entièrement voué et dévoué à son bon plaisir.

Elle la sérieuse, volontaire, ambitieuse, les deux pieds sur terre, impliquée dans tous les rôles de sa vie. Bonne fille, bonne copine, bonne collègue, bonne voisine. Assidue, généreuse. Altruiste.

Deux vastes mondes dans un seul regard, une seule nuit, à un carrefour et tout est à réinventer.

L'alliance improbable pendant plus d'un an, deux mois, trois jours, quatre heures et cinq minutes.

Quasi impossible et pourtant réalisée.

Forcément volcanique, néanmoins maitrisée.

Absolument transcendante.

Fatalement exponentielle.

D'où mon cinquième.

Moi ! Il fallait bien que ça arrive.

Petite graine plantée au fil du temps, de leur mixtion, qui pousse à leur insu, qui charade l'histoire, en fait déjà un conte, une légende. A leur image.

Témoin captif de leur amour comme un trait d'union, une fusion maladroite, pas totalement finie entre le dégingandé et la flamboyante.

En pleine gestation. À les regarder s'aimer, se désaimer, se re aimer, se re désaimer. Depuis un an, deux mois, trois jours, quatre heures et cinq minutes.

1, 2, 3, 4, 5…
Ou
5, 4, 3, 2, 1… partez !
L'homme pourrait continuer de vouloir jouer. A cet instant, dans le cabinet médical, il n'en croit pas ses oreilles.

Le temps est suspendu.

Il compte.

Un an, deux mois, trois jours, quatre heures et cinq minutes… pour engendrer un enfant.

Il refait le chemin à l'envers. Se souvient. De tout.

5, 4, 3, 2, 1… zéro, ce regard, qui a tout déclenché.

La boucle est bouclée.

Zéro, comme un rond plein, un œuf, une vie.

Il est censé ne pas sourire, ne plus vouloir jouer, ne pas s'enfuir, descendre de son fil suspendu dans les airs et redescendre sur terre.

La femme, elle, badine, Nietzsche en mémoire.

Le poids du corps pas encore lesté, elle est là qui s'émerveille.

Un bébé !

Et voilà que mon Tout arrive - fallait-il le préciser ? - de la bouche du gynécologue, l'annonce triomphale.

Bravo à vous deux. Vous allez devenir une famille. Une grande famille.

Ni plus ni moins que des milliards d'autres qui font le pari de s'aimer, un jour ou une nuit, au delà de toute logique, contre toute attente, parce c'est ainsi que va l'amour, dans le cœur des gens, sans raison.

Juste par envie, pour un regard.

Rébus universel avec autant de solutions qu'il existe d'humains.

Ou d'enfants à naitre.

Voyez ça ! Rien de moins qu'un doublé gagnant.

Jumeaux de l'amour planqués dans un seul œuf.

Surprise du chef, s'il en est, dans un ultime pied de nez.

Et oui, madame, c'est ainsi qu'il peut survenir, à parier sa destinée sur de grandes sentences, que la vie, grande farceuse, double la mise et proclame joyeusement, n'est-ce pas Monsieur : *Les jeux sont faits ! Rien ne va plus !*

Entracte

Ce matin, j'ai vu passer le Temps.

Immuable et fier, il filait chaque seconde comme une grand-mère sa quenouille.

Dans sa hotte patientaient les saisons, toute une panoplie de pluie, de froid, de vent et de chaleur. Un écheveau de circonstances, héroïques et viles. Une nuée d'âmes, attentives mais pressées.

Infatigable conteur, il semait au passage des bouts d'histoires, que Chronologie, bonne fille, se chargerait d'agencer. Drapé dans sa toute-puissance, il n'y faisait plus guère attention.

Il suivait son cours, logique et cyclique.

La terre était un grand théâtre, les humains de bons comédiens, suffisait juste de leur dicter quoi jouer. Il y a longtemps qu'il avait renoncé à écrire autre chose que la vie, la mort, l'amour, la guerre, la paix. Recette immuable qui pouvait supporter toutes les déclinaisons, là encore suffisait juste de changer une ou deux variantes et le tour était joué.

Au fil des siècles, facteur Temps n'avait plus eu besoin de mettre dans sa hotte que deux ou trois faire-part immuables, une avalanche de factures, un marasme de publicité mensongère et certaine fois, sujet à une fantaisie nostalgique, une carte postale d'outre mer.

Certes l'image avait subi quelques désagréments. Le paysage était en partie effacé, les couleurs fanées. On voyait bien l'atoll mais plus vraiment la mer. Au dos, le texte avait dû subir le même sort mais quelqu'un avait cru bon de repasser les lettres en prenant soin d'être le plus fidèle possible.

«Une île, mon île. Je l'ai, j'y suis. Tu peux venir. Je t'attends. Je t'aime. Tristan».

Tristan !
Mon Tristan. Eté 1935.
Aujourd'hui, nous étions en 2004.
Je vous le dis, c'est ainsi que ce matin j'ai vu passer le Temps.
Dans son sillage, Chronologie poussait essoufflée, le chariot des dates.
Elles débordaient.
Alors que déjà loin devant, le Temps filait les secondes comme moi aujourd'hui ma quenouille.

Confidences

Parait que c'est pas normal d'aimer les petites filles. Pas normal et pas sain. Parait qu'il faut avoir un grain dans le circuit, une mauvaise connexion. Ma mère, elle, elle aimait bien les petits garçons. *« Quand ils sont encore tout frais, tout propres qu'elle me disait. Qu'ils sentent bon le savon et la craie. La vieillesse arrive si tôt. Avec les premiers poils et la mauvaise transpiration. Quelle idée de trouver ça beau ».* Je pense comme elle qu'il n'est pas normal d'aimer les vieilles gens. Enclenchées les règles, les filles ont un goût dans la bouche qui ne les quitte qu'à la ménopause. Des relents de fertilité exubérante comme si Dieu renaissait dans chaque accouchement. Un soi-disant miracle auquel je refuse de participer.

Ma mère ne m'a jamais fait de mal mais elle était vieille déjà. Il n'est pas normal d'aimer les vieilles gens. Je préfère les jeunes. Je sais que tout le monde ne pense pas comme moi mais vous docteur, vous me comprenez, n'est-ce pas ?

…/…

L'aïeul de ma psy était directeur de prison. Vous y croyez vous à cette coïncidence ?

Alors qu'il y a des années, il emprisonnait les corps, elle aujourd'hui, tente de libérer les âmes. Serais-je revenu de là-bas, sous une autre forme, pour la faire expier ?

Les générations transcendantales comme qui dirait.

C'est peut-être pour ça aussi que je me cogne partout, que je n'ai jamais de place.

Est-ce que je dois la faire payer ?

Est-ce que je peux lui faire confiance ?

Peut-être que elle c'est lui ?

Peut-être que tous ses patients sont ses anciens forçats ?

Alors j'ai le droit de me venger. Je ne sais plus pourquoi j'ai été en prison avant et aujourd'hui non plus. Peut-être que je suis encore là-bas ? Il faut que je me libère. Vous comprenez Docteur, j'en peux plus moi, de ne pas respirer.

…/…

Mon oncle, qui n'était pas d'Amérique, mais du Sud de l'Italie disait toujours « la vie c'est pas plus compliqué qu'une pizza quatre saisons ». Il disait que certaines personnes s'employaient à ne voir que l'hiver d'une vie, d'autres au contraire s'amusaient tout l'été et que chacun en somme disposait des quatre mais n'accordait pas la même importance à toutes. Il pouvait dire en voyant une personne manger sa fameuse pizza de quelle saison sa vie serait faite. Rares étaient ceux qui avaient l'audace de prendre part à toutes. Il en restait toujours dans l'assiette qui trahissait la personne.

Moi par exemple, j'étais plutôt du genre automne à ressasser toujours de vieilles choses, à ne voir que le côté fané des choses. Tout juste si je picorais l'été. Je ne mangeais jamais la croûte non plus. Ma pizza finissait toujours par ressembler à un grand trou vide.

Je me suis mis comme lui à regarder les gens manger les pizzas. C'est devenu une obsession. Y en avait qui ne prenaient jamais de pizza quatre saisons. Ça m'énervait, je ne savais pas dire qui ils étaient. Et vous docteur, c'est quoi votre saison ?

…/…

Je ne conseille à personne d'avoir trente-neuf ans un jour. Pour ceux qui peuvent encore l'éviter, un conseil, baissez la tête. Ne le dites à personne. Et si possible, oubliez-le vous-même. Parce que tout le monde sait que ce qui compte c'est d'arriver à quarante. Le fameux chiffre mythique. Comme 50 l'est pour commémorer des événements de moitié de siècle, 40 l'est d'une vie. Et c'est là que tout le monde vous attend. Pas avant, ni après. Oh que non ! Il n'y aura pas de sursis.

Il faut savoir que ce jour-là, vous devrez répondre de ce que vous avez fait jusqu'alors et si comme moi, vous n'avez rien fait d'extraordinaire, allumez une bougie et faites un vœu en espérant qu'il se transforme en miracle. Parce que croyez-moi, 365 jours est loin d'être suffisant pour répondre aux questions « qui suis-je, que fais-je, à quoi pensais-je ? ».

Il faut le savoir, vous entrez en quarantaine. Tout seul dans vos baskets du millénaire à passer le cap de ce qu'on croit pouvoir faire et de ce qu'on fait vraiment. Puisque de toute façon on a perdu la mémoire de qui on est foncièrement.

365 jours moins les doutes et les peurs, les faiblesses et les erreurs, qu'est-ce qui reste ? Une

poignée d'épiphénomènes à marquer d'une pierre blanche. Tout juste de quoi donner le change, sauver l'honneur, être encore de la partie. Et somme toute, en y regardant bien, ni plus ni moins que tout un chacun.

Aussi je ne conseille à personne d'avoir un jour trente-neuf ans. L'approche des quarante vous obligera à vouloir réussir en une année ce que vous aurez mis trente-huit ans à échouer. Si un tel défi n'était pitoyable, ça n'en serait pas moins ridicule. Surtout qu'à part vous, personne ne vous demandera jamais de répondre de ces quatre dernières décennies.

Les trentenaires préféreront ne pas tenter le diable et risquer une question boomerang. Quant aux autres, outre le fait qu'ils connaissent déjà la réponse, ils sont déjà au stade où se disputent les remords d'avec les regrets…

Et vous, vous en pensez quoi docteur ?

…/…

Aujourd'hui j'ai rencontré quelqu'un. On aurait dit moi. J'ai pas aimé. C'est comme si on m'avait tendu un miroir et qu'au-delà de l'image, je voyais qui j'étais vraiment. J'ai pas aimé. J'aurais pu passer mon chemin et pourtant je me suis arrêté. Fallait que je trouve pourquoi j'ai pas aimé. L'autre l'a senti et à son tour il a pas aimé. Au final on s'est détesté. Vous croyez que c'est de ma faute, docteur ?

…/…

Nicolas ne répondit pas. A cette heure tardive de la nuit, Nicolas ne pensait plus rien ni ne croyait plus rien. Il raccrocha quand le silence à l'autre bout du fil s'éternisa.

C'est souvent ainsi que se finissaient les communications. Quand l'autre n'avait plus rien à dire.

Et d'ailleurs, ce n'étaient pas des réponses que les gens venaient chercher en appelant la cellule d'urgence psychiatrique, le 333. Surtout pas des réponses. Juste une écoute, anonyme. Sans danger.

Où dévider leurs névroses sans qu'on y tente quoi que ce soit. Soulagés pour un moment, ils pouvaient continuer de vivre sans se mettre en danger, ni eux ni leur entourage.

Et c'était déjà un sacré défi de relevé.

Nicolas prit le cahier de liaison, consigna l'appel, en fit un bref récapitulatif et attendit.

La sonnerie du téléphone retentit de nouveau.

…/…

Allo, le 333, j'écoute…

Le 18h43

Pour l'instant il dort. Sonné. Repu. Protégé par l'oubli. Peut-être même qu'il rêve.

Je l'observe. Ça fait vingt minutes. Il n'a pas bougé. Un peu de bave a séché au coin de sa bouche, rosie par ce filet de sang généreusement jailli de ses narines.

La jeunesse est si facilement impressionnable. La peur a suffi. Coagulation en alerte ! L'épistaxis était à prévoir.

D'accord, le coup de pelle l'a bien achevé, pourtant, je n'ai plus la main aussi lourde.

Les mômes d'aujourd'hui sont trop friables. À peine plus denses qu'une motte de terre sèche. Des copeaux de misère qu'un pet d'oisillon suffit à envoyer valser.

Ceux de la ville surtout. Ils arrivent par le train de 10h07, le cœur asphyxié de goudron. Ils courent cent mètres, respirent une pleine goulée d'air et aussitôt ils sont soûls.

Les grands espaces leur tombent dessus comme un tsunami d'émotions. Ils s'ébattent, se croient libres, jappent, sautent, s'enhardissent et, d'un seul coup, ils flageolent.

L'air d'ici leur arrache les poumons, force leurs petits alvéoles à se décrasser et la fatigue les prend tels que, dans une respiration têtue.

Ils s'écroulent sur eux-mêmes, un peu étonnés, la tête dans le ciel et là, c'est le coup de massue. Suffit que l'herbe soit bien moelleuse, du duvet de nouveau-né, et c'est comme si le ventre de la terre d'un coup les absorbait ou les rétrécissait. Ils plantent leurs mirettes dans le grand plafond bleu et, hop, ça finit de les emporter.

D'un côté, ils sont comme sertis au sol, de l'autre, comme aspirés par l'immensité.

Ils ont beau avoir de grands parcs, là-bas à Paris, y a bien qu'ici qu'ils connaîtront ça.

Et pas que les mômes.

J'en ai vu des bonshommes, des costauds, tout aussi figés dans la béatitude qu'à leur première branlette.

Jusqu'à maintenant je les observais. Silencieux. Curieux. Je connais par cœur leur terrain de jeux. C'était le mien, il y a longtemps. Avant que la ligne de chemin de fer ne vienne le couper en deux.

À cette époque, je ne me rendais pas compte. C'était le paradis mais je ne le savais pas. Il m'a fallu grandir. Voir mon père perdre le peu qu'il possédait. Ma mère, rapetisser. Leur couple se fendre à mesure que s'étiolaient leurs rêves.

Ils n'avaient connu que ce bout du monde. Cette plaine sans limite. Ces herbes sauvages. Ce toit bleu qui parfois grondait et dégorgeait son fiel mais qui toujours finissait par renaître.

Avant la ligne de chemin de fer. Avant que l'on rase leur maison. Qu'ils soient chassés. Acculés à rejoindre le bourg.

Avant. Il y a longtemps.

Deux générations sont passées depuis.

Moi. Et mon fils.

Tout le monde est parti. La gare est restée.

Une fois par an, chaque été, elle déverse son quota de touristes.

Beaucoup de familles et donc de gamins.
Ils viennent pour le lac. Artificiel.
La nature. Apprivoisée.
Le grand air. Poissé de leurs rires criards.
Paraît que ça leur fait du bien.

La plupart n'ont jamais vu de vache ailleurs que sur un paquet de lait ou une tablette de chocolat. Alors y a des navettes. Qui les acheminent vers la seule ferme encore en activité. Laquelle garantit ses produits frais. 100% bio.

Celle où travaillaient mon père, ma mère et les générations précédentes. Mais pas moi. À l'âge où j'aurais pu et dû prendre la relève, mes parents vivaient déjà à la ville.

J'ai grandi un pied dans la bouse, l'autre dans le béton. Aujourd'hui encore, je ne sais pas lequel des deux a fait de moi ce que je suis devenu : un vieillard aigri.

Qui revient chaque été. Qui attend.

J'ai un cabanon dans la parcelle de bois au nord du lac. Une remise qui sert au garde forestier onze mois sur douze. Ce qu'il reste de l'atelier paternel. Personne ne sait que j'y vis quinze jours par an. C'est une zone protégée. Interdit de pénétrer.

De là, je surveille la débandade estivale.

Je compte les gamins. Cette fois-ci, ils sont vingt-deux.

Comme aujourd'hui, le 22 juillet.

Hasard ou coïncidence ! C'est la première fois que ça arrive. Il n'y en aura pas de seconde.

Brave jeunesse qui pense tout connaître. Quand elle croit avoir tout à gagner, elle ne sait pas encore que nous, nous n'avons plus rien à perdre.

Nous, les vieux. Moi, l'ancien.

Il m'en aura fallu du temps. De longues années. Toutes de trop. Ce fut pourtant simple.

Attendre qu'ils s'éparpillent, que l'un d'eux s'éloigne, à peine, j'arrive tout tremblotant, en sueur, je demande de l'aide, l'œil humide, d'une voix affaiblie.

Pas difficile en fait.

À croire qu'on ne leur apprend rien à ces petits gars des villes. Même pas à se méfier !

Il ne m'en fallait qu'un et je l'ai eu.

Je l'observe et j'ai un doute.

Quarante minutes à présent qu'il gît là, sur le plancher de la remise. Etendu comme il est tombé, sa face d'ange contre bois, après que je lui ai filé un coup de pelle alors qu'il allait crier en se retrouvant face à face avec Léon.

Léon, c'est une mygale. Une *Aphonopelma chalcodes* plus précisément. Pas des plus dangereuses, non, mais avec une faculté de bombardement assez impressionnante.

Une seule de ses projections de soie urticante et vous êtes bon pour vous plonger le crâne dans un gros baquet d'eau. Avec le souvenir d'une glue vivace longtemps collée à la peau.

Six mois que j'essaie de l'apprivoiser. En vain. Comme toutes ses congénères depuis 33 ans. Depuis mon fils. À chaque fois, elles se planquent, bien à l'abri dans leurs terrariums. Ce sont des solitaires, comme moi, et je sais bien ce que la solitude peut creuser dans le fond du ciboulot.

Moi aussi, j'ai des envies de bombardement, des humeurs à soulager. Le gamin va devoir s'y faire.

Parce que le plus dangereux des deux n'est pas celui qu'on croit.

Dans mon terrarium à moi, aucune vitre ne fait barrage. Suis ici chez moi. Et l'intrus, c'est lui. Eux. Ces gosses et leurs parents. Le train et la ligne de chemin de fer. Le trou qu'ils ont fait dans la vie de ma famille. L'absence. L'oubli. La mort.

Qui ôte toutes les bonnes raisons de vivre et te force à admettre que tu n'as plus rien à perdre.

Ce gosse est un hasard. Je ne l'ai pas choisi. Il est venu tout seul. Y pourront dire ce qu'ils veulent. S'il est venu, c'est qu'au fond de lui, il savait. On le sait toujours quand l'heure vient. C'est fugace, on ne sait pas comment, on le ressent et nos pas nous mènent là où nous devons être. C'est bien ce qu'ils ont essayé de me faire gober à moi.

Il n'est pas bien gros, plutôt petit. Un poids léger qui arrange bien mon affaire.

Voilà qu'il émerge. Il est temps. Suis sûr que ça s'affole déjà à l'extérieur. Le compte à rebours est lancé. Ils vont venir. Tout doit être prêt.

Le 18h43 est toujours à l'heure.

Il me regarde avec des yeux affolés. Je lui ai saturé la bouche de coton et l'ai scotchée avec du gros Chatterton trouvé sur une étagère. Heureusement d'ailleurs car, dans ce que je m'apprête à faire, rien n'a été prémédité. Sans cette aubaine, il aurait déjà couiné comme un bébé phoque en train de glisser sur sa banquise à la recherche de sa maman.

Je ne sais pas ce que le phoque fait dans mon histoire. Sûrement sa truffe noire de poussière et ses deux billes sombres qui battent des cils à la cadence d'un marteau-piqueur.

C'est fou ce que ce gamin est expressif.

Il s'en faut de peu que je lui rallonge un coup de pelle. Est-ce que je couine, moi ?

Qui peut dire qu'il m'a entendu me plaindre une seule fois ? Qui ?

Qu'est-ce qu'il croit ? Que ses trombes d'eau qui lui sortent maintenant de partout vont m'apitoyer ?

Je le répète, je n'ai plus rien à perdre.

Tout a commencé ici et doit finir ici.

J'y suis né et j'y mourrai. Une partie du gamin avec moi.

Aucune raison que ça se passe autrement. Pas aujourd'hui.

Des années que je me plante là à ronger mon frein. À les regarder s'ébattre sans vergogne sur ce que fut mon enfance. À cause de cette foutue ligne de chemin de fer qui m'a emporté ailleurs. Et, des années plus tard, ma descendance.

Mon fils. Coupé en deux lui aussi. Ici même. Un 22 juillet.

Il n'y a que le vélo qu'on a retrouvé intact. Le reste n'était que bouillie. Deux cents tonnes, c'est du lourd quand on a 12 ans. Il avait le même âge que moi quand l'exil nous a court-circuité l'avenir.

Tout ça pour quoi ? Qui ?

Une bande de touristes inconscients. Sacrilèges. Blasphémateurs.

Il est temps de leur passer l'envie.

Zone sinistrée. À jamais. Pour toujours. Pour tout le monde.

Le gamin sera mon témoin.

Je vais l'asseoir contre l'arbre. Celui-là même où on a retrouvé la cervelle de mon fiston après qu'il fut décapité.

Trois tours de corde afin qu'il ne bouge pas, et le train de 18h43 restera gravé dans sa mémoire. C'est peu cher payé, je trouve.

Je vais m'allonger pour toujours, Léon à mes côtés.

Léon, c'était aussi le nom de mon fils.

J'espère qu'ils comprendront.

Le garde forestier saura leur expliquer.

Il sait lui. Il m'a connu.

Avant que j'attrape la folie et que j'aie, comme ils disent, une araignée dans le plafond.

Esteban Le Grand

Plougrescant.

Longtemps, ce nom m'a fait peur.

Où que je sois, même à des milliers de kilomètres, Plougrescant venait griffer mon sommeil, bercé par la voix de Tantine.

Tantine qui ne devait son surnom qu'à la contraction de Tante Martine, était la sœur ainée de ma mère. J'avais cinq ans la première fois qu'on m'envoya passer l'été chez elle et dix la dernière.

Chaque soir en me bordant, elle me faisait le récit de ce site impitoyable.

Le gouffre de la Baie d'enfer.

J'entendais alors l'écho terrifiant des longues plaintes. Les crânes prisonniers de l'île, abandonnés au vent, fracassés sur les roches. Ceux-là même qui continuaient, génération après génération de hanter les récits d'aïeuls, pas tout à fait certains que la légende ne trouve racine dans un puits de vérité.

Si je suis honnête, c'est à elle que je dois l'homme que je suis devenu. Sans ces histoires chaque soir réinventées, jamais l'enfant que j'étais n'aurait accouché de l'artiste que je suis. En étouffant mon sommeil de ces récits tous plus terribles les uns que les autres, elle creusait, à son insu, le sillon qui me conduirait sur le chemin.

Rendez-vous compte, chaque été pendant presque cinq ans, je me suis endormi avec cette injonction chuchotée à mon oreille :

Dors, Esteban, dors, ou les fous de Plougrescant viendront par centaines. Il suffit d'en appeler au vent, de prier la Sainte Mer et toutes les créatures de pierre se lèveront ensemble. Tu veux que je les appelle. Ou toi, essaie. Appelle-les. Ecoute, elles arrivent. Elles viennent comme dans un tourbillon. Chaque rocher de l'ile abrite une âme. Il suffit d'un rien. Les pleurs d'un enfant, une bêtise et elles quittent leur piège. Elles s'effritent au vent, se rassemblent, s'agglomèrent pour ne former qu'un vaste maelström. Alors elles te frôlent et leur danse est si puissante, si dense, que tu te sens aspiré. Elles attirent à elles tout ce qui se trouve sur leur passage. Les hommes, les animaux, les objets. Pas un mur ne leur résiste. Elles pénètrent au travers. Tu les entends se glisser sous les portes, soulever les rideaux, hérisser les poils de ta peau. C'est comme une boule de flamme. Tu as de plus en plus chaud. Et pour t'en libérer, tu te retrouves nu. Et là, il est trop tard. Tu respires, tu ouvres la bouche, elles entrent, se faufilent dans ta gorge et c'est fini. Elles te prennent ton âme. Elles te chassent de toi-même et tu deviens ivre. Leur folie grignote jusqu'à ta plus petite pensée. Elles habitent en toi jusqu'à ce que le jour se lève. Et là, quand tu te réveilles, tu crois avoir rêvé mais au fond de toi, tu sais qu'il s'est passé quelque chose. Tes yeux ne voient plus jamais pareil. Tes oreilles bourdonnent. Ta langue est sèche. Et tu grelottes.

Je ne crois jamais avoir entendu plus loin que ces quelques mots l'histoire des âmes errantes de Castel Meur. Hypnotisé par la voix de Tantine, je m'endormais avant qu'elles ne mettent leur menace à exécution. Oubliés mes fantômes de dessous mon lit, ma peur du noir, le manque de ma mère. Tantine avait trouvé la parade.

C'était invariablement le même rituel, plus ou moins nuancé et agrémenté de détails différents selon les années. Plus je grandissais, plus Tantine s'adaptait. La dernière fois, ce n'est plus par la bouche mais bien par mon sexe que les fous de l'île allaient entrer en moi.

Tantine m'avait surpris à faire la chose interdite. J'avais découvert quelque temps auparavant que jouer avec son sexe terrassait mes peurs et mes insomnies.

La nouvelle version qu'elle me livra alors finit d'achever l'enfant que j'avais été et détermina l'homme que je devenais.

Tu vois, Esteban, ce que tu as fait là, c'est ce qui conduit tout droit au gouffre. Si tu continues, bientôt tu iras rejoindre les déferlantes. L'écume te prendra. Le gouffre ouvrira sa gueule tel un dragon et te projettera dans ses entrailles. Le gravelot viendra manger ton sexe. Tu connais le gravelot ? C'est un oiseau rare. Chaque année il vient déposer un œuf ou deux. Chaque année, il attend. Pour préserver sa lignée et se reproduire, il a besoin de garçons comme toi. Ta semence est sa survie. Il aspire la sève des hommes pour nourrir ses petits. Puis il s'en va. Si tu lui donnes cela, tu lui donnes tout. Ton âme lui appartiendra pour toujours.

Quand Tantine eut terminé son récit cette nuit-là, j'avais fermé les yeux et fait semblant de dormir. Pourtant j'étais terrifié. Je savais que ma mère ne viendrait me chercher qu'à la fin de l'été. Il me semblait impossible d'attendre. Une voix plus haute que celle de ma tante me chuchotait de fuir. D'abandonner tout. De partir loin.

Ce que je fis au petit matin. Il était facile pour moi de disparaitre. Je connaissais le coin comme ma poche. Cinq années que Tantine me le faisait arpenter par tous les bouts.

Cinq années qu'elle m'en livrait le témoignage. Pour chaque roche, une légende. Pour chaque vague, une nouvelle épitaphe. Pour chaque bourrasque de vent, un uppercut littéraire. Il me suffisait de suivre le chemin des douaniers. De repérer un car de touristes ou une famille en vacances ou une vieille dame. Je dirais que j'avais perdu ma maman. Je donnerais le numéro de portable qu'elle m'avait fait apprendre par cœur et elle viendrait me chercher.

Quand on est gosse, on pense toujours que la vérité gagne. Au poste de police où je me retrouvais 48 heures plus tard, j'apprendrai qu'il n'est jamais question de mensonge ou de vérité.

Celui qui gagne est celui qui ne se fait jamais prendre. Toute ma courte vie me l'a confirmé par la suite. La vérité est la théorie du plus faible, du geignard, du peureux. L'homme courageux n'aboie pas, ne s'excuse pas, ne se justifie pas.

L'homme courageux fonce dans le tas. Et tant pis pour ceux qui sont sur son chemin.

Ma tante, connue et respectée dans tout le pays n'avait eu aucun mal à tourner en dérision ce qu'elle appela mes pseudo-délires. Expliquant que j'étais un enfant difficile depuis que le mari de sa sœur et donc mon père nous avait quittés. Ce qui était encore faux puisque je ne connaissais même pas mon géniteur.

Ma mère, appelée entre-temps par les gendarmes, ne dit rien. Ni ce jour-là. Ni par la suite. Pourtant, le soir même, elle vint me chercher et je quittais définitivement la presqu'île. Mais le mal était fait.

Plougrescant me poursuivait où que j'aille.

Dans les villes, les ombres des immeubles s'allongeaient en gueules béantes, toutes prêtes à me dévorer le sexe et à s'emparer de mon âme. Mes nuits étaient peuplées de créatures sauvages et assassines. Je me réveillais en hurlant, piégé par Tantine qui chaque nuit s'incarnait sous les traits de ma mère. Cette mère que je ne reconnaissais plus et dont je rudoyais tout contact. Je m'étais remis à sucer mon pouce et à faire pipi au lit.

Après une énième et forte crise, ma mère dut se résoudre à m'emmener voir un médecin. Lequel lui conseilla un suivi psychologique. Pauvre petite chose que j'étais devenue. Frappé d'aphasie.

Au bout de 3 séances à subir mon silence et mes refus de toute relation, il me conseilla d'écrire.

L'homme sans le savoir venait d'ouvrir la boîte de Pandore. Je mis plusieurs semaines avant de lui montrer mes brouillons. Plusieurs mois avant que nous en discutions. Et moins d'un an avant qu'il ne demande mon placement en milieu protégé. Il suspectait un début de schizophrénie.

La vérité perdait encore une fois du terrain.

Puisque personne ne voulait me croire, je me mis à inventer ce qu'il voulait entendre.

Ce n'était pas si compliqué. J'optai pour un changement en douceur. Modifiant jour après jour mon comportement, lui laissant supposer que les soins qu'il m'apportait corrigeaient mes névroses.

Petit à petit, dans mes histoires, il était question de résilience, de nouveaux horizons, de fin heureuse, de famille détruite qui finissait toujours par s'en sortir. À tel point qu'un jour, il me complimenta et me prédit une grande carrière. Sans le savoir, il avait fait de moi un écrivain en précisant toutefois que c'est moi seul qui avais pris de la (h)auteur !

Il rit plusieurs fois de son bon mot avant de me déclarer apte à la vie.

J'avais trouvé la parade.

La voix du mensonge en puissant analgésique.

Le droit de pouvoir écrire toutes les fausses vérités. Et de m'en repaitre.

Je mis quelques années à me faire un nom. À faire grandir ma carrière. À devenir un incontournable des salons, des dédicaces, des plateaux télévisés.

Le passé était loin derrière moi. Archivé dans mes romans. Chaque personnage recevant une bonne part de ce qui continuait parfois de hanter certaines de mes nuits.

Mon chaos n'était plus violent ni frontal comme à l'époque. Il s'était dissous. Apaisé.

Je l'avais régurgité au fil des pages.

Des milliers de pages que des milliers de lecteurs encensaient et pour lesquels je continuais de proférer de merveilleux mensonges. Mes héros étaient des hommes courageux, toujours prêts à foncer dans le tas. *Et tant pis pour ceux qui sont sur leur chemin.* J'en inventais un par roman. Ils avaient tous pour initiale un E. *Eric, Emile. Edgar. Enzo. Elian.*

Et je n'avais même pas 30 ans.

J'étais en plein essor. Tout promettait de durer.

De grandir, encore et encore. J'exultais.

Puis un midi, sans prévenir, Tantine refit surface.

Je ne le sus qu'au dernier moment. Quand ma mère avec qui j'avais rendez-vous s'effaça pour la laisser apparaitre. Jusqu'alors, j'avais réussi à parcourir la France entière sans jamais la croiser. Mais pas ce jour-là. Elle était devant moi, à peine plus vieille que dans mon souvenir.

Ce qui est bizarre, c'est que le matin même, ce fut comme si je savais que quelque chose d'important allait se passer. Une sorte d'omniscience. La même que j'éprouvais parfois quand l'un de mes héros faisait volte-face et découvrait tout à coup le truc qui résolvait l'intrigue.

Pendant que je m'habillais devant la glace, je songeais aux années que je venais de vivre. J'avais grandi bien évidemment mais sans véritablement vieillir. Je me sentais en pleine forme, vif et ferme, l'œil espiègle. Comme si je m'apprêtais à jouer un sale tour. Peut-être le dernier d'une longue série qui allait clore un chapitre de ma vie et décider d'un nouveau à écrire.

Je me trouvais particulièrement beau dans mon costume de lin blanc écru. Il flottait sur moi comme une cape de chevalier. Je pouvais avoir le geste ample et aérien, il suivait chacune de mes postures en un mouvement gracieux. Presque théâtral. Les fantômes aussi usent de cet apparat.

C'est ainsi qu'on les reconnait quand la nuit les trouve errant, survolant les âmes et s'immisçant dans les rêves.

J'aimais ce rituel matinal. Jour après jour, enfiler ce même habit, c'était la certitude que mon personnage reprenait vie. Que j'étais bien cet écrivain qui chaque jour inventait la vie. J'avais pour moi des chapitres entiers inscrits noir sur blanc. Des personnages, des lieux, des scénarii où le mensonge gagnait toujours.

Tantine pouvait bien vouloir me visiter, je ne ressemblais plus à l'enfant qui s'était enfui un matin d'été. Après tout, c'était grâce à elle si j'étais devenu romancier. Dans mes histoires « polardesques », j'avais mille fois surpassé ses récits d'âmes errantes et de monstres marins. Ils avaient même été une source inépuisable de mon imaginaire.

Je décidai qu'il était temps de tourner la page. Et puis ma mère avait l'air d'y tenir. Je la laissai s'approcher de moi sans bouger d'un cil. Je crois même que j'affichais un sourire triomphant.

Après tout ce temps, c'est elle qui revenait. Elle qui pliait. Vaincue. Derrière la glace transparente qui nous séparait, elle ne pouvait plus m'atteindre.

J'étais résolument l'Ecrivain. Surnommé : Esteban Le Grand. Intouchable. Mystérieux. Inébranlable. Là où elle m'avait enfermé, plus rien ne pouvait me sauver, sinon la force assourdissante des mots à noircir, sur les murs blancs de ma chambre d'hôpital.

Ozzy

L'enfant ne voyait que lui.

Ozzy.

Avec ses poils courts, ses sabots ovales, son torse musclé, son cou épais, sa grosse tête allongée et cette crinière. Oh mon Dieu, cette crinière folle.

Rien que l'idée de s'en saisir donnait déjà des ailes à l'enfant. Comme si le chevaucher et l'agripper à mains rabattues pouvait l'emmener loin. Ailleurs. Au delà des limites qu'on lui avait imposées.

Qui tenaient fermement dans les cinq doigts du père.

Infranchissable. Brutal. Tyrannique.

Un mot qu'il venait d'apprendre, du haut de ses huit ans.

Tyrannique, autoritaire, despotique, exigeant, impérieux.

Il avait lu tout ce qu'il y avait à savoir de cet adjectif qui posait enfin un cadre, un code sur ce que le père lui faisait subir.

Par la force d'une main, d'un regard, d'un haussement de cil.

Alors qu'Ozzy se tenait juste là, devant lui, majestueux et fier, prêt à s'élancer et à l'emporter.

Une course bien plus rapide que ne lui permettraient ses deux jambes à lui.

L'élan était là, il suffisait d'un bond, d'un écart du père, d'un miracle et c'est certain, ils s'envoleraient.

Ils iraient par-delà les frontières et les interdits. Ozzy saurait galoper, vite, très vite, fendre l'air, et peut-être distancer le danger. Le père. Sa hargne. Sa grogne.

Plusieurs fois, ils étaient venus ici, et lui, plusieurs fois, il y avait pensé. L'idée avait germé au fur et à mesure des frustrations.

Le père ne voulait pas.

L'enfant en rêvait.

Entre eux, une prière muette, Ozzy.

Ozzy, le Prince, le Courageux comme le fils l'appelait en dedans.

Le cheval sauvage qui, lui aussi, il en était sûr, n'attendait que ça. Que lui.

Un enfant capable en un bond de l'éperonner et de briser ses chaînes.

Issu de la même envie, du même besoin. Espace, liberté, vertige.

Un rêve absolu. Celui de partir. D'enfin oser.

L'un était cloué au carrousel qui n'en finissait pas de tourner. L'autre soudé à une poigne qui n'en finissait pas de serrer. Encore et encore.

Mais aujourd'hui l'heure était venue.

Ça cognait fort dans le cœur de l'enfant, à la limite du supportable. Ça bataillait partout dans son sang. Ça brouillait presque sa vue. Il trouvait cela normal. Un tel possible pouvait même rendre fou.

Et pourtant il ne disait rien. Il attendait un signe. Une faiblesse du père. Un interstice, même microscopique qui lui permettrait de s'échapper.

Le père était là, qui lui enserrait la main et ensemble ils regardaient le manège tourner.

Comme un tourbillon, à l'issue duquel la main du père se fortifiait, resserrait son étreinte, broyait les phalanges du fils. Il sentait toute la tension. Il voyait la mâchoire carrée, le visage noir, l'œil furibond, la posture immobile, tenace, sans concession.

Et ce gros silence posé entre eux. Qui en disait long. Qui racontait tout. Il le savait, il pouvait l'entendre parfois. Rempli de mots pas dits. De mots hurlés au ciel. Toute la colère du père dans sa main. Toute sa tristesse dans son silence.

Mais les mots ne venaient pas. Ne venaient jamais.

Ils restaient entre eux comme un énorme paquet emballé de tous les côtés. Avec du fil de plomb et des nœuds en pagaille. Qui s'entortillaient tellement qu'on ne savait plus comment s'y prendre si d'aventure, l'un ou l'autre avait eu l'audace, le courage, la folie même de les défaire.

Et les secondes s'éternisaient, grossissaient en minutes. En heures. En mois. En années maintenant. Le moment magique, parfait, allait encore passer et l'enfant resterait à terre. Privé de cet élan qui pouvait tout changer.

Sa vie, celle d'Ozzy et même celle de son père. Il le savait. Un saut et c'en était fini de toute cette inertie. De cette grande colère.

C'était venu comme en rêve la nuit dernière. L'enfant échappait au père, l'animal au fer planté dans ses vertèbres sacrées et tous deux prisonniers, malheureux, soumis s'enfuyaient jusqu'à l'infini du monde. Là où plus personne ne vous cherche, ni ne vous trouve.

Là où surement, maman devait être pourtant. À l'attendre depuis si longtemps. Son Ozzy à elle à ses côtés. Une belle jument alezane, ronde comme un œuf de tyrannosaure, tellement le poulain devait avoir grandi dans son ventre. Resté prisonnier lui aussi.

Elle, eux, les chevaux, dans le même bateau. La même galère. Suspendus au temps qui s'était arrêté quand ils avaient tous disparu.

Le père avait dit cela. Disparue. Pas morte, Pas enfuie. Pas partie.

Disparue.

Ça voulait bien dire, ailleurs, quelque part.

Et chacun attendait. Il fallait savoir quoi, depuis le temps. Pas un signe, pas un message. Rien. Jusqu'à cette nuit. Ce rêve qui donne l'élan, qui dit peut-être. Et cette voix, soudaine, qui déchire l'espace. Qui dit tout haut ce que l'enfant souhaite entendre.

- Allez M. Gosse, laissez-le monter pour une fois. Ce ne sont que des chevaux de bois, il ne lui arrivera rien à lui, aucune chance qu'il ne finisse sous une ruade. Regardez-le, il en crève d'envie, le petit.

Le père sorti de son cauchemar, un instant désarmé, surpris, qui sursaute, voudrait bien dire non, crier peut-être, mais ne peut pas. Le père pris en flagrant délit de ne même plus être capable de répondre, engoncé dans son drame, son silence, comme tétanisé qui voudrait bien, pourtant, enfoncer les mots au fond de la gorge du vieux Paul.

La réalité crue, cachée, inavouée.

Le père qui, un court instant, un instant seulement bascule la pression de la main de l'enfant vers son autre main, et alors tout va vite, très vite, l'enfant n'est déjà plus là où il devrait être, déjà il bondit, déjà il court ; le voilà qui zigzague entre les chevaux, délaisse les calèches, trouve Ozzy, s'en saisit, saute dessus, et loge tout entier contre le flanc de l'animal. Quand il se retourne, du haut de ses huit ans, du haut de son attelage, il sourit. Il croise le regard de son père et il sourit. Enhardi par son audace, il offre un regard entier, ouvert, fier.

Et déjà le manège se met en route, s'élance, prend son allure, le vieux Paul aux commandes qui a tout vu de la scène, qui a filé, n'a pas attendu, et qui s'égosille au micro afin d'annoncer une chevauchée sauvage comme jamais vu en dix ans de parade. Il augmente le rythme, fait tourner son manège au maximum, propose à l'enfant qui joue et rit de plus belle, les sensations qu'il espère y trouver. Et ça fonctionne.

Jamais il n'a vu de garçon plus à l'aise, plus concentré aussi, ne faire qu'un avec l'un de ses chevaux. A la fin du tour, il ralentit la machine sans l'arrêter, la relance et ainsi offre un autre tour gratuit. Ce qu'il perçoit du père à ce moment-là l'encourage.

C'est comme un renoncement, un lâcher-prise de tout son corps. Il ne quitte pas son fils des yeux et en remplacement de la noirceur, petit à petit, il voit son visage reprendre vie.

Se peut-il que lui aussi sourie. Aussi benoîtement que son fils. Pris dans l'allégresse.

Dans le cœur du père, effectivement, une porte est en train de s'ouvrir. Ce n'est pas un miracle.

Juste un sursaut. Encore flou, léger, prudent. Mais un tremblement, des frissons, le sang qui circule à nouveau, défait de son poison récurrent : l'abandon. Comme s'il respirait à nouveau, délesté du fardeau de la peur, de la mort, de la répétition.

Comme s'il acceptait enfin.

L'une morte, l'autre épargné. À qui en vouloir au fond ? A sa femme, au petit, à la jument ? À la vie tout entière qui s'éteint aussi vite qu'elle s'allume ?

Alors il se met à pleurer. Tout doucement. Sans retenue. Sans rien maitriser. Parce que pareille énigme ne saurait se justifier. Ni se résoudre. Et il rit aussi. Joie et tristesse mêlées en un fou rire qui le prend aux tripes. Et il accepte et il reçoit. Le regard fou dans les yeux de son fils quand il tournoie et crie « allez, Ozzy, libère-toi, emmène-moi, nous sommes libres… ».

Quand enfin le vieux Paul ralentit la cadence, et stoppe ses machines, il voit ces deux-là s'élancer l'un vers l'autre. Il sait qu'une clé vient d'ouvrir une porte, un fil se tendre entre deux âmes déchues.

Il sait que la magie de son carrousel a encore fonctionné.

Intermède

Hier je suis restée couchée.
Hier n'avait pas d'avenir.
Hier ressemblait à un matin gris avec vue sur le mur d'en face. Un mur fatigué d'abriter la vie, noirci de pollution et délavé par la pluie, rongé de moisissure et fissuré par le temps.
Un mur tapissé de souvenirs, étouffé sous un ciel bas, recouvert d'épais nuages.
Il aurait fallu une trouée bleue ou une lumière hardie, un petit coin d'espérance pour qu'il me soit donné l'énergie d'un pas plus loin.
Je suis restée couchée.
Le dos calé contre mon oreiller à souvenirs, un album photos ouvert sur les genoux. Ce qu'il reste du temps quand il a fini de nous trahir ; une série de clichés en 13X18, arrêts sur images, émotions plastifiées.
Le Queyras en 6 poses, terreau de mon enfance. Ses marmottes, ses mélèzes, ses montagnes, Le Mont Viso, un parterre de linaigrettes et au loin ses frontières. Infranchissables.
Amsterdam en 12 poses, impulsion adolescente. Ses canaux, ses vélos, son tramway. Le Rijks Muséum, le Concertgebouw, le musée Amstelkring. Ses parcs, son marché aux fleurs, son port. Son quartier rouge, ses coffee shop, ses couleurs gays. Le voyage, à cet âge, a si peu d'imagination, il se laisse conduire.
L'église Notre Dame des Champs en 1 pose, le jour du mariage. La famille ou les amis s'étant disputé les autres redondances, il nous suffisait de celle-ci. Lui et moi, seuls au monde.

Mon Philippe, si fier et si droit dans son costume de noce, les yeux caressants, baissés sur ma bouche. Moi, si jeune et timide, amoureuse, voluptueuse.

Mon Dieu, que le corps est infidèle !

Il trahit ses promesses, use toutes ses ressources. Il décline comme un soir d'hiver, bien trop tôt, privé de lumière, prisonnier du froid.

C'est si loin la jeunesse. Si loin et si court.

Venise en 1 pose, encore, notre voyage de noce. La place Saint Marc, le jour de notre arrivée. Puisque le reste du séjour, nous l'avons passé à l'hôtel. Aucune photo n'aurait pu retenir la jouissance et le plaisir. Les émotions sont furtives, elles se dispersent aussitôt données, courant ailleurs, appelées à d'autres béatitudes.

Nathalie, Pierre et Lise, le jour de leur naissance, dans leurs premiers pas, à chaque rentrée de classe.

Pourquoi nous faut-il vieillir alors que d'autres grandissent ?

Et presque trop tard, sur près de 30 ans, l'Italie, l'Espagne, le Canada, l'Afrique, l'Asie… des photos posées, rien que des flashes, selon la durée, une série de 12, 24 ou 36 poses.

Le temps des vacances entre chaque année de vie. Sourires accrocheurs, accrochés. Témoins isolés, surpris, déconnectés.

Ainsi passe le temps, figé à certaines occasions.

Hier a fini d'être, même s'il fourmille de réminiscences. Tout ce qu'on ne peut pas voir est ce qui a compté le plus, inscrit dans la chair. Cette chair gorgée de mémoires qui n'en peut plus de se remémorer, hantée par les années. Des frissons, des sursauts, des larmes, des pincements, des émois, autant de coups donnés aux cœurs et qui ne se verront jamais sur aucune pellicule.

Qui sait, pour chaque tirage, quelles ont été les épreuves, le positif, le négatif, l'instantané ?

Quel temps de pause dans le bain révélateur, à trahir les ombres, renforcer les blancs, jouer les contrastes ? La chambre noire recèle tant d'inévitables secrets.

Au final, la photo ne donne à voir qu'un résultat, elle oublie les nuances successives qui l'ont révélée.

Entre tous ces clichés, j'ai vécu et je suis aujourd'hui la seule à pouvoir me repasser le film, l'unique, le vrai, celui qui fait le lien entre deux souvenirs sur papier glacé.

Pour une seule photo, il manque toutes celles d'avant et celles d'après. Celles qui font la chair, le sang, les cris, les drames, les joies.

L'épaisseur d'un mois, l'amplitude d'une vie.

Celles qui font l'hier.

Hier qui n'avait plus d'avenir et où je suis restée couchée.

L'automne éparpillé sous mes pieds.

Les Vid'Anges du Diable

Ce ne sont que des tôles ondulées, aux arêtes brutes et acérées, posées sur des murs de cartons, palettes empilées, briques desquamées. Calfeutrées de chiffons sales, de paille, de pierres, des bâtisses toutes de guingois forment une sorte de U, adossées les unes aux autres, enchevêtrées et soudées d'un seul tenant. L'équilibre tient du tour de force, de la chance, et surtout de l'obstination.

Une seule source de chaleur, plantée au milieu du U, provient de trois vieux bidons. Dix familles et pas moins de vingt-cinq enfants se relaient autour, qui avec une casserole d'eau, qui avec un bout de pain rassis, qui avec un fagot de brindilles. Sans cesse, en va-et-vient, nuit et jour, pour se réchauffer, alimenter le feu, cuire un plat, et une fois par semaine, le dimanche, partager la soupe commune.

Chacun ce soir-là dépose à la communauté sa semaine d'errance. Beaucoup de ferrailles, de vieux objets cassés, de la nourriture. Rarement de l'argent.

Sauf ce trois septembre.

Dans la main de Pepo, trois billets de cinquante euros forment un éventail.

Le silence est instantané.

Il est d'usage de ne jamais poser de questions. Chacun à sa façon, ses combines, ses errances. On le sait bien que rien ne se fait jamais dans les règles mais ce soir-là, la curiosité brille dans les yeux comme autant de lucioles en plein été.

Pepo n'a que sept ans.

C'est le plus petit des garçons. À peine un mètre dix pour treize kilos. Un poids plume qui n'aurait même jamais dû survivre. Aveugle, muet et sourd.

Une charge pour la communauté qui n'attend jamais rien de lui. C'est ainsi que cela arrive parfois. Un petit dont on sait qu'il le restera. Qu'il faudra porter jusqu'au bout. Qui sera silence et nuit au milieu de leurs agitations à survivre.

Comme une graine d'innocence germée malgré tout.

Malgré eux.

À sa pâleur, les aïeux viennent souvent poser leur front taché de soleil, ridé d'avoir trop plié sous le poids des fardeaux.

À sa douceur, les mères ressourcent leurs espoirs et bénissent le jour qui s'en va.

À son mutisme, les jeunes filles épanchent leurs chagrins et les garçons leur colère.

Pepo, depuis toujours, c'est comme une coquille vide que chacun remplit selon ses besoins. Pour survivre au-delà des nuits trop froides, des estomacs à moitié vides, des rires cassés et des désirs inaccessibles. Personne ne fait attention à lui. Il est ici ou là, jamais loin, perché sur un éboulis de roche, les yeux plongés dans le grand ciel, à rêvasser.

Dans ces mains, toujours le même galet, avec un grand P, gravé maladroitement sur l'une des faces. Son pouce en suit la ligne courbe dans une inlassable caresse. Ça peut durer des heures.

Pepo, c'est Pepo. Leur grand mystère. Qui jamais ne parle ni ne comprend. Mais qui vit comme vit la lune ou les étoiles. Au milieu du grand tout. Dans cette enclave isolée. Bien après la ville. Au pied d'un ruisseau et d'un hectare de plaine abandonnée.

Pepo, aussi frêle qu'une brindille, que même le vent n'a pu se résoudre à emporter, a pourtant ce soir ramené de l'argent.

À quel moment est-il parti et par quel miracle a-t-il franchi l'espace de leur territoire reste une question sans réponse.

Il est là, devant eux, tel qu'ils le connaissent, mutique et fragile, avec dans les mains un éventail d'espoir qui les laisse pantois.

Et le dimanche suivant et encore celui d'après.

À chaque fois, le même résultat.

Un éventail.

Comme un faisceau de réjouissance.

Il faudrait une surveillance continue pour comprendre, percer son secret, pouvoir doubler les gains. Qui sait, ce que Pepo peut faire, les autres enfants le pourraient aussi. Et peut-être plus. Et peut-être mieux.

Cent cinquante euros, c'est de la viande qui tombe dans les gamelles, c'est enfin du bouillon de légumes bien gras et une poule achetée en vrai, qui pond chaque matin des œufs magnifiques. C'est du vin pour les hommes. C'est chaque jour une étape franchie dans leur dignité. C'est dans les mains des femmes un peu moins de rudesse et aux bourrades des hommes, un peu plus de désir. C'est une mine, un trésor, qu'après quatre semaines, plus personne ne cherche à débusquer. Une habitude de prise. Qui soulage la communauté. Qui envisage l'avenir.

Qui gonfle Pepo d'une nouvelle aura.

Il le sent bien, dans leurs yeux à tous, quand vient son tour le dimanche soir, que tout le monde attend. Que tout le monde l'attend.

L'affaire est entendue ainsi.

Pepo ne se plaint pas. Se rend trois fois par semaine à la cabane. Se laisse faire. Attend.

Le diable est toujours ponctuel. Jamais méchant. Méthodiquement généreux. Il fait sa part du marché. Il travaille à l'équilibre du monde. Sait reconnaitre un ange. Le prix à payer.

D'autres de sa communauté sont pourtant venus le trouver, mais seul Pepo est resté puis revenu.

C'est donc qu'ils savent. N'ont rien dit. Consentent.

C'est donc que l'ordre de Dieu est maintenu. Dans sa lumière se tapit l'ombre. Partout. Tout le temps. À quelque échelle que ce soit.

Sans les « méchants », pas de héros.

Pepo est un héros.

À lui seul, il les sauve tous.

« Into The Head »

Roussillon. Un village au sommet d'une colline. Une vue imprenable sur le parc naturel du Luberon. Une poignée d'habitants. A peine mille trois cents âmes et un pôle touristique déserté dès la fin septembre.

Véritable ode à l'ocre, toutes les maisons sont teintées d'orange, de jaune ou de rouge. Des couleurs automnales aux parfums d'encens. Sans bleu à l'âme ni noir présage.

Le romantique y déambule, surtout le soir, au coucher de soleil, pris d'un ravissement béat, en quête de sérénité absolue.

C'est l'endroit idéal. Le repaire de quelques artistes renommés. Un lieu fertile d'où jaillissent l'imagination, le beau et l'art avec un grand A.

Un petit paradis, en somme, où nichent des perles architecturales aux murs épais, aux pierres ancestrales et aux caves basses.

Que personne n'oserait jamais déranger.

Oh putain, mais quelle tête d'asperge ce mec ! C'est pas possible, t'as quoi dans le crâne ? Une graine de pois chiche ? Une bouillie d'alevins... allez recommence... Il te reste vingt minutes.

L'homme ne bronche pas. Courbé sur sa feuille, il ne voit, ni n'entend plus rien. Pris de vertige, il sent ses dernières forces l'abandonner. Il voudrait dormir. Se laisser glisser du tabouret au sol et ne plus rien retenir. Oublier.

Et, pourquoi pas, mourir.

Il a perdu toute notion de temps, de lieu, d'espace et même de dignité.

Sept jours, deux semaines, un mois qu'il est là ? Cela n'a plus d'importance. Il sait qu'il n'y arrivera pas et si c'est ce que Delbeq veut entendre, il est même prêt à le lui avouer.

Oui c'est un nul, un raté, un looser, un opportuniste. Oui, il a joué et perdu. Mais par pitié que s'arrête cet acharnement. Qu'on le laisse s'écrouler, pleurer, vagir, bramer et mille autres verbiages à la con. Qu'importe à présent. Qu'il écrive ou pas, qu'il dresse une liste aussi diabolique que possible, le résultat sera le même.

Il sait que Delbeq est au-dessus de ça.

Il a dépassé un stade. Il est tout simplement devenu fou. Enragé. Atteint du bulbe.

Il est passé de l'autre côté.

Delbeq, son poulain, son protégé.

Et lui, Maurice Kurk, son mentor, grand chef d'orchestre de toute cette merde, n'est pas loin d'en payer le prix.

A quel moment tout a dérapé, il ne le sait pas.

Certainement la mort de sa femme a-t-elle été un élément déclencheur. Privé de son garde-fou, Delbeq a basculé.

Doucement.

Sans personne pour s'en apercevoir.

Les digues ont véritablement pété le jour où il l'a kidnappé et depuis c'est l'escalade. Il n'y pas d'issue autre qu'inéluctable. Kurk le sait. A fini par l'accepter. Les sévices qu'il lui inflige ne font que retarder l'évidence.

Cruauté, perversité, machiavélisme.

Qu'importe !

Il n'y aura pas de *Deus ex machina*.

Delbeq est – ou était ? - l'un des plus grands écrivains de sa génération. Il a écrit les dix meilleurs thrillers de ces sept dernières années. A raison de un et demi par an, il a été tout autant prédateur que proie.

Il a vécu, bouffé, baisé, dormi avec tellement de monstres dans sa tête qu'à coup sûr, il en est devenu un. Il sait les tours et les détours, les vices et les pièges. Ce qu'il inflige à Kurk, son éditeur, depuis son enlèvement serait à inscrire au panthéon de la barbarie psychologique.

D'abord ce piège. Loin de tout. Au cœur du Colorado français.

Sous prétexte de lui faire lire les premiers chapitres de son nouvel opus, Delbeq l'avait convié à le retrouver dans sa retraite, à mille bornes de Paris. C'était urgent. Il avait besoin de lui. D'en parler. Maintenant, là, tout de suite.

Kurk a plongé illico, s'est farci dix heures de bagnole pour se faire assommer à peine franchi le seuil de son repaire idyllique.

En guise de chapitres à soumettre, une ramette de feuilles vierges numérotées de une à cinquante-sept. Chaque feuille avec un mot en tête de page auquel il a dû associer des listes de verbes, d'adjectifs ou de synonymes. Et ce, dès quatre heures du matin.

Puis le supplice : faim, soif, privation, gavage. En alternance un jour sur deux.

D'abord Delbeq l'affame puis il l'engraisse, huit heures d'affilée. Chips, mayonnaise, cornichons. Invariablement.

Jusqu'à vomir.

Sans compter les nuits à la dure. Nu dans une cave humide ou assis, emmitouflé dans une combinaison de ski dans son sauna.

Des après-midi entiers à écouter de la musique en boucle. Toujours la même. Vivaldi, les Quatre saisons. Lui qui n'aime que le jazz et déteste la musique classique.

Ajouter à cela trois séances de torture physique.

La première à lui faire couper à la hache des stères de bois pour ensuite les aligner au cordeau dans une grange infestée de rats.

La seconde à lui faire repeindre en vert pisseux les murs et le plafond de sa geôle. Un grenier immense qui couvre toute la surface de la maison. A la louche, quasiment cent cinquante mètres carrés.

Et enfin la troisième, le graal, la cerise pourrie sur son gâteau marbré de merde, à lui faire nettoyer les chiottes dont le gus se sert pour soulager ses humeurs « scato ».

Et, Kurk l'anticipe, son esprit retors recèle encore d'autres avilissements. Delbeq n'a qu'à puiser dans son propre vivier livresque. Lui-même, tout au long de sa carrière, lui en a soufflé quelques exemples. Sa maîtrise de la manipulation est parfaite. Elle a fait son succès.

Son dosage est un fin équilibre entre le « trop » et le « pas assez ». Juste ce qu'il faut pour le récupérer et l'empêcher de crever.

À point. Toujours. In extremis.

Hier, il l'a même obligé à chanter après sa séance d'écriture. Cinquante-sept fois obligé de répéter le mot Folie et ses dérivés. Un mot invariablement égal à cinquante-sept synonymes, verbes ou adjectifs.

Pourquoi cinquante-sept ? Ça non plus, il ne le sait pas. Mais ce chiffre revient en boucle.

Alors tête d'ampoule... t'as éteint ta lumière...tu veux un retour de flamme ? Que je te chauffe à la bougie ou mieux au brûleur ? Il te reste dix minutes.

Kurk se tait, force son esprit, puise dans un ultime ressort : la colère. Elle l'avait quitté, il la sent qui remonte. Comme un dernier espoir.

Peut-être que lui aussi devient dingue ? Ou est-ce son instinct ? Révolte primitive. Sursaut animal.

D'en avoir saisi le sens dans un coin de son esprit lui offre un répit. La colère dilue la fatigue. C'est un carburant solide qui lui fait ouvrir les yeux. L'adrénaline revient. Booste son cerveau.

Et il aligne. Comme ça, d'une traite. Huit équivalents. « Délateur. Espion. Judas. Renégat. Vendu. Indic. Mouchard. Félon ».

Le choix de Delbeq s'était porté sur le mot « Traître ». Ça, Kurk sait pourquoi.

Dans le monde de l'édition, un poulain en chasse un autre. Kurk n'a pas évincé Delbeq mais il a fait de la place à un jeune prodige. Vingt-quatre ans et un premier polar prometteur. Ce petit con, mégalomane xxl, ne l'a pas supporté. Les médias ont fait le reste.

Et pire que tout, les lecteurs ont suivi.

Si Delbeq n'avait pas perdu sa femme, peut-être aurait-il accusé le coup avec plus de recul. Il a dû se sentir démuni. En perte de vitesse.

De confiance.

Ou tout simplement vieux.

C'est vrai qu'il est arrivé sur le tard. Passé la quarantaine, écrire bien ne suffit plus. Il faut savoir se renouveler.

Le deuil l'a coupé dans son élan. Incapable d'écrire le onzième livre. Bloqué. La fameuse page blanche ! Des semaines sans rien produire.

Le commerce a ses lois propres, Kurk se devait de trouver une parade. Les lecteurs s'apitoient rarement longtemps. Il leur faut du sang neuf. Le marché du livre est une jungle. Kurk ne doutait pas que Delbeq revienne un jour sur le devant de la scène mais trop impatient, il avait pris la tangente. Un jeune puceau de l'écriture, qui plus est beau gosse, ferait aisément patienter le monde vorace de l'édition.

Delbeq était sa locomotive et le carburant s'épuisait. Alors un jour, dans un élan de colère, il lui avait balancé cette phrase. Fatale.

Tu crois vraiment que je suce des cailloux pour vivre ? J'ai une boite à faire tourner, moi !

Delbeq avait disparu de la circulation et n'était pas réapparu. Jusqu'à son coup de fil, un samedi soir, à 19 heures.

Kurk, ramène-toi. J'ai les premiers chapitres. Vite. Viens. Tu vas voir...

Kurk avait rappliqué. Soulagé. Presque heureux ! Et depuis, le piège s'était refermé sur lui.

On était le 5 octobre. La date lui revient précisément. En pleine rentrée littéraire. À fêter la sortie du nouveau roman de son jeune et beau poulain. Une période où lui-même se gargarisait d'être une star, un découvreur de talents.

A ce moment-là, il aurait même ri, si on lui avait prédit qu'il deviendrait pire qu'un cleb's en laisse, contraint de courber le dos devant son maître.

Alors tête de pine... t'as réussi à aligner trois mots ? Non, attends, huit... tu veux un dictionnaire... et dire qu'on en est qu'aux prémices... Il te reste cinq minutes.

Delbeq jubile. Kurk n'est plus rien qu'un geignard convulsif. Une anthologie de syncopées confuses. Le gus est sur la brèche. Encore deux trois frissons de sa composition et sûr qu'il va rendre l'âme, si toutefois il en a une, dans un dernier bouillon d'éructations inaudibles.

Déjà, l'idée de lui raser la tête aussitôt saucissonné sur une chaise a sérieusement entamé sa belle prestance. Lui, si fier de sa belle gueule d'ange n'a pu supporter l'effet miroir.

C'est vrai aussi que le rasoir a fait couler pas mal de sang et laissé quelques entailles pas belles à voir.

Delbeq a beau avoir l'expérience de l'écriture, en action, c'est autre chose.

Passer du virtuel à la réalité est une première.

Enfin un objet à soi. C'est une putain de découverte. Au-dessus de tout ce qu'il n'a jamais pu imaginer ou écrire.

Son prochain livre va cartonner. Rien à voir avec les précédents. Du coulis de merde ! Tout ce qu'il a pu concevoir de ses « psycho-killer » n'est qu'une pâle copie Là, c'est du vécu. Il est le psychopathe.

Le vrai. De l'intérieur.

Et waouh, ça change tout.

Autant de jouissance, c'est inespéré. Il bande comme un malade depuis trois semaines. Et il écrit, comme s'il pissait, sans s'arrêter.

Son imagination est décuplée fois dix mille.

Après quelle virgule de quel paragraphe, le diable a-t-il pris le pouvoir sur l'écrivain ?

Quel ressort essentiel a lâché, qui lui a ainsi ouvert les vannes du mal ?

Le vrai, le pur, l'inévitable.

Il enchaîne les sévices comme on se gave de pop-corn. L'un après l'autre. En boulimie de plaisir sucré-salé. Totalement « addict ».

Ce qui au départ n'était qu'une vengeance courroucée est vite devenu un besoin. Une évidence.

Voilà pourquoi il séchait sur la page blanche.

Il fallait qu'il aille au-delà.

Qu'il expérimente. Qu'il ressente.

Viscéralement.

Qu'il soit en symbiose parfaite avec son nouveau héros démoniaque. Qu'il entre dans ses tripes. Au-delà des mots. Des impressions. De l'imagination banale.

Si sa femme, Breg, n'était pas morte, il en serait encore à de l'éjaculation tordue.

Elle lui a fait un sacré cadeau.

C'est à ce moment que tout est devenu clair. Fluide. Vertigineux.

Il ne pouvait pas en rester là. Le dépassement de soi. Voilà ce que son suicide lui a offert.

Un choc.

Un voyage abyssal.

Une résurrection nécessaire.

Top chrono la limace... Fini de baver sur ta copie. Montre-moi ça. Huit mots, non deux de plus, dix en tout. Bravo ! « *Parjure et lâche* ». *Pas mal mais insuffisant.*

Il y avait aussi « *Hypocrite, sournois, agent de l'ennemi* », *tu vois de quoi je parle, non ? Tu as encore échoué. On passe à la suite... tu vas voir, tu vas adorer.*

La suite c'est entre autre l'obliger à lire l'intégrale de Proust. Un auteur que Kurk exècre. Il a hésité avec Dostoïevski. Peut-être qu'il le fera. Parce qu'il a besoin de temps. Encore un peu. Pour écrire les dernières lignes.

La fin, elle, se doit d'être un parachèvement à la hauteur des ambitions de Delbeq. Une fin en apothéose qui doit clore le cinquante-septième chapitre de son tout nouveau roman : « Into the head ».

Un titre à l'américaine auquel il ajoutera un pseudo à l'avenant. Les lecteurs en raffolent.

Dans son livre, il n'y aura aucun méchant flic pour l'arrêter. Ni de voisin héroïque. Et encore moins sa femme.

Breg est morte. Enterrée. Elle ne peut plus rien pour lui. Kurk pensait qu'elle était son garde-fou et il avait bien raison.

Mais voilà, il l'a tuée comme il va tuer Kurk. Tous les deux empalés sous sa plume à l'encre noire.

Parce que Kurk est un raté, un looser, un gagne-petit. Parce que, lui, Delbeq, est un génie, que son crime est parfait et qu'à ce stade du désespoir, seule l'imagination pouvait encore le sauver.

Sa créativité faite d'encre. Au goût de sang. À qui il a voué sa vie et ses tripes. Que des millions de personnes ont lue, adorée, encensée.

Puis délaissée.

Des lectrices, surtout, avides d'histoires sanguinaires. Prêtes à se glisser dans la peau de ses héros et à vivre leur folie en toute impunité.

A ce stade, qui de l'auteur ou des lecteurs est le plus corrompu ?

Et que penser de son mentor qui lui soumettait sans cesse de nouvelles idées plus « trash » les unes que les autres. Qui l'exhortait à aller toujours plus loin et à frapper plus fort.

Quoi que Delbeq inflige à Kurk, ce dernier ne dira rien. Un tel livre, c'est le jackpot assuré.

Il est certain que ces semaines de captivité vont servir son projet. Kurk est en train de comprendre. Ecrire ne s'improvise pas.

Jamais un jeune prodige ne remplacera Delbeq.

L'imagination ne s'invente pas, elle se crée.

Elle se vit.

Au-dedans. A fond. Sans limite.

A la fin seulement, il a prévu de lui faire lire les cinquante-six chapitres.

Il mettrait sa main à couper, et Dieu sait qu'il en a besoin, que l'égo de Kurk va tripler de volume. Comprendre qu'il est le héros, que sa souffrance va s'arrêter, que ce n'était qu'un jeu et qu'il vivra, effacera tout.

Alors il lui assènera le coup fatal. Et Breg, son épouse, réapparaîtra. Kurk comprendra enfin. Si la femme de Delbeq n'est pas morte alors lui-même n'a jamais été son prisonnier.

Pas un lecteur ne croira à la réalité de cette histoire. Même si elle est vraie, surtout si elle est vraie.

« Into the head » se passe bel et bien dans la tête d'un tueur. Un personnage comme il en a tant mis en scène.

Il fallait à Delbeq une plume neuve, avide et intransigeante face à son rivale, cet écrivaillon à la mords-moi le nœud.

Il lui fallait aller au-delà, se permettre l'impensable.

Kurk ne pourra être que bluffé. Et ses fans aussi.

Il pourra toujours vouloir se rebeller ou lui infliger un procès, Breg est son meilleur alibi.

Elle est vivante.

Que peut-on contre les rumeurs d'un pseudo suicide quand votre femme est là, à vos côtés, bien en chair, radieuse et tellement amoureuse ?

Et que pourra dire Kurk ?

Lui non plus n'a jamais disparu. Des « mails » en témoignent. Dès son arrivée, il a prévenu tout le monde qu'il se retirait avec Delbeq. Gonflé de vanité à l'idée de l'accompagner dans ce nouveau projet.

Régulièrement, il a donné des nouvelles. Prédisant un nouveau chef-d'œuvre et le retour de son auteur phare. Delbeq a travaillé avec soin chaque message, chaque texto, chaque photo.

Balançant chaque jour un cliché de rêve. Sa région sous les feux d'or du soleil. Du pain bénit. Surtout à cette saison.

Alors que la rosée nourrit l'aube et magnifie chaque perle d'eau en un scintillement libérateur.

Avec les réseaux sociaux et le virtuel, c'est si facile aujourd'hui de se faire passer pour un autre. De vendre du rêve. De débiter des conneries.

Pendant que Kurk s'épuisait à souffrir, lui, Delbeq a bien préparé le terrain. Sans rien laisser au hasard.

Avec ce onzième thriller, il retrouvera sa place.

La première. L'unique. La sienne.

Les cheveux de Kurk auront repoussé en même temps qu'il aura ravalé son humiliation.

Alors les journaux titreront :

Le retour de l'enfant prodige.
« Into the head » un thriller diabolique.
Delbeq, un auteur prodigieux.
472 pages d'encre et de sang.
57 chapitres alignés en un « page-turner »
bluffant de vérité.

Sans savoir à quel point ils auront raison.

Le Dernier Patient

Notes post consultation : 1ère séance

Le psychologue Sheldon aurait conclu, en son temps, à un endomorphe de grande envergure. « LE » modèle du genre !
Gros, gras, lourd et potelé.
A ce stade de l'offense faite au corps, la génétique a forcé le trait.
Autant dire que la dérive du patient coure depuis longtemps et que s'il s'affaisse aujourd'hui devant moi, ce n'est que pure logique. Et pourtant, toutes ces années, en tant que médecin psychiatre, j'en ai vu défiler mais celui-ci a quelque chose de fascinant.
L'homme, un vieillard de presque 60 ans, le regard si fatigué qu'il lui descend presque dans les joues, souffre de surcroît d'une dyscrasie géante. Un urticaire violacé tache son visage comme si un seau plein de sang venait de lui être jeté au visage. Le séchage m'a fait forte impression. Toute la séance, il a eu à cœur de vouloir la faire disparaitre. Effet contraire immédiat et spectaculaire qui n'a fait qu'empirer les choses.
A plusieurs reprises, j'ai dû détourner mon regard.
J'opte pour une pathologie dépressive confirmée et même peut-être irrévocable.
Hypothèse retenue : raptus suicidaire.
L'homme a été clair dès le début « certain d'arriver trop tard pour faire le chemin inverse et

croire qu'il se le pardonnera, il a juste besoin de vider son sac ».

Quand en partant, j'ai voulu lui prescrire un anxiolytique, il m'a regardé avec un drôle de sourire, genre « on ne me le fait pas à moi » et là, j'ai vraiment compris. C'est l'histoire de quelques séances.... Avant de faire le grand saut.

J'ai failli le rattraper, lui dire qu'il serait plus avisé de voir un prêtre, que son absolution lui serait certainement plus salutaire que nos futures séances mais je me suis ravisé.

Mon métier est d'écouter, point barre. Jamais de conseiller. Ni d'intervenir à la place de…

Médecin Psychiatre J. Benetton,
le 23/09/2012 à 18h45.

***

Notes post consultation : séance 2
Retranscrites d'après enregistrement.

Monologue :
« Alors, c'est ça la vie ! Une poignée d'heures significatives, guère plus, au milieu de milliers d'autres aussi insignifiantes qu'une larve en décomposition. A bien y réfléchir tout se bâtit à partir d'un fait, un seul. Le reste n'est que du remplissage. Toutes ces minutes à croire que l'on vit et qui ne servent qu'à assouvir des besoins purement organiques. Dormir, manger, se laver, se reproduire. Paraître.

(Long silence après paraître - Ce mot semble le contrarier vertigineusement).

« A la fin, la seule chose qui importe ne nous a pris que quelques minutes voire quelques heures. Toutes les autres n'auront servi qu'à la camoufler, l'ensevelir. Je suis sûr que personne n'est exempt d'un secret. Un truc spécial qui a modifié sa vie et l'a obligé ensuite à la remplir avec plus ou moins d'habileté. Pour ne pas y penser et se faire croire qu'il vivait encore une vie normale ».

(Silence encore plus long...
Syndrome de l'imposteur ?).

« Survient toujours, dans chaque existence, une poignée d'heures différentes où tout s'écroule. Toute sa vie ne sert plus qu'à la rebâtir. Tenter d'aller plus vite que le souvenir pour ne pas qu'il nous rattrape. Mais ça ne marche pas. La preuve, je suis là. Et c'est bientôt fini. ».

(Brève interruption...
Grimace qui se veut un sourire).

« J'ai toujours cherché à retenir mes pensées. Je les voulais libres et pourtant ! Elles étaient accrochées à moi comme la ficelle au cerf-volant. J'y ai cru, à les voir flotter au-dessus de moi. Mais je les retenais. Je les contrôlais.

Aujourd'hui je suis venu pour couper le fil. Elles iront là où elles doivent aller. Vous en ferez ce que vous jugerez bon ».

Fin de la séance.

L'homme ne fait aucun cas de ma présence. Il s'est assis, a parlé et s'est presque enfui. 20 minutes sur les 30 de prévu.

Je ne sais pas encore ce qu'il cache mais sa façon de faire m'effraie. Il est abrupt. Raptus anxieux ? Je sens qu'il va passer à l'acte.

> Médecin Psychiatre J. Benetton,
> le 30/09/2012 à 18h30.

***

Notes post consultation : séance 3.

Retranscrites d'après enregistrement.
« Je me souviens de moi enfant, couché sur un banc, dans une église. Ce n'était pas la première fois que j'y venais mais ce jour-là, j'y suis resté des heures. Allongé, seul, à attendre. J'étais certain que quelque chose se passerait. Ça avait été comme une injonction, le matin, au réveil. Je devais me trouver là et patienter. Jusqu'à ce que je m'endorme et me réveille, complètement ankylosé, il ne s'est rien passé. J'étais déçu, frustré et même en colère. Tout un après-midi de gâché pour rien. Le néant. Un silence absolu. Aucune voix, aucun message. Je n'étais encore qu'un gosse qui croyait au miracle. A cette petite voix en lui qui lançait des défis en souhaitant une récompense. Encore une fois, j'avais perdu mon temps. Je m'étais fait des illusions. Personne ne viendrait me sauver. J'étais né seul et le resterait. C'était ma vie. Je n'avais rien à gagner à attendre encore. Ici ou ailleurs. Je crois que c'est à cet instant-là que pour la première fois j'ai pensé au suicide.
Sérieusement ».

Fin de la séance.

Le patient a eu comme un sursaut. Alors qu'allongé, il parlait les yeux fermés, certainement pour mieux revivre la scène, il s'est redressé d'un bond, a surpris dans le miroir, mon regard sur lui et s'est enfui. Volte-face qui trahit une violence refoulée. J'ai lu dans son regard que je l'avais trahi. Comme si je n'avais pas à entendre cela. Il est parti en m'en voulant. Furieux.
Raptus agressif ?

> Médecin Psychiatre J. Benetton,
> le 06/10/2012 à 18h15.

***

Séance 4 : Direct et fin.

Monologue : « Vivre est une machinerie, exister est un miracle. Le gouffre entre les deux est abyssal. Un mystère qui m'a longtemps fasciné. Dont aujourd'hui pourtant, je n'espère plus rien. Un jour, il faut oser tomber les masques. Ce n'est pas si difficile. Même si 35 ans de psychiatrie aident à la duplicité, le vide est toujours là. La solitude aussi. Les patients ne remplissent rien qu'on ait déjà perdu. On essaie de les sauver. On essaie de se sauver. On se ment. Aujourd'hui, ce dernier jeu ne m'amuse plus. Quatre séances et je connais la fin. Autant ne pas la retenir. J'aurai dû le faire ce jour-là dans l'église. Je ne serai pas devenu ce que je suis. Un chacal ! Qui se nourrit du désespoir des autres pour ne pas succomber au sien. Qui plante ses crocs dans l'âme humaine sans voir que la sienne n'a jamais existé.

Personne ne s'est jamais psychanalysé tout seul. J'ai échoué. C'était à parier.

Je pourrais trouver tous les noms scientifiques à ma pathologie que ça ne changerait rien.

En 35 ans de pratique, je n'ai sauvé personne.

Je me suis perdu un peu plus.

Ce face-à-face est dérisoire.

Inapte. Bancal. Diabolique.

J'y mets fin.

Médecin Psychiatre J. Benetton,
le 12/10/2012 à 18h18.

***

Dans le square Alexandre et René Parodi du 16ème arrondissement, la déflagration a stoppé net le cri des enfants. Les mères ont levé la tête. Les oiseaux se sont enfuis. L'air s'est chargé d'une odeur de poudre.

La nuit s'est trouée du halo des gyrophares et le verdict est tombé.

Un homme de 55 ans, le célèbre Médecin Psychiatre J. Benetton s'est donné la mort d'une balle dans la tête.

Posé sur son bureau, les quatre enregistrements de sa confession avortée.

Au sol, des piles de dossiers rangés par ordre alphabétique.

Des centaines de patients, reçus toutes ces années, dont la vie intime pourrait être dévoilée.

On parle de ministres, de cadres supérieurs, d'artistes, d'hommes et de femmes de grande renommée et même d'une star de la télé.

L'appartement a été mis sous scellés, les dossiers aussitôt transportés en lieux sûrs.

Nul doute qu'à cette heure-ci, certains grands de ce monde se souviennent des longues heures passées avec le célèbre psychiatre et tremblent qu'une seule de leur séance ne soit dévoilée.

Le dernier patient pourrait bien revenir les hanter longtemps !

Mauvaise réponse !

Aussi étrange que cela puisse paraitre, Serguei se souvient.

De tout !

Lui qui pensait n'avoir jamais eu de mémoire, qui s'efforçait d'effacer les jours les uns après les autres, qui refusait de se retourner sur le passé, qui n'avait d'intérêt que pour le prochain coup de cœur à ressentir, vivait une sorte de rembobinage de dingue.

Comme si son esprit forçait les portes, les ouvrait toutes, cherchait quelque chose de précis. Une annale particulière, prise au piège du passé, de l'oubli mais qu'il devait retrouver vite, très vite.

Est-ce qu'il pouvait encore être sauvé ?

Il se sentait sur le qui-vive, aux aguets. Un truc fou se passait mais il ne savait pas pourquoi. Comme si sa vie en dépendait et de fait, elle avait pris un sale tournant sa vie, alors, même s'il avait cru pouvoir lutter au début, maintenant il se laissait faire.

Quand bien même ça durait depuis des plombes et que ça lui faisait un mal de chien. Pour sûr, sa tête moulinait à plein régime. Une Ferrari lancée à vive allure que rien ne pouvait stopper. Qui agissait à son insu. Qu'il n'avait pas vu venir. Qui lui filait le tournis.

Des dizaines de souvenirs jaillissaient de lui dans un désordre sans nom.

Ses parents quand ils étaient encore en vie, leurs silhouettes plus nettes que tout ce qu'il se rappelait l'instant d'avant. Celui de la bombe qui leur avait ôté la vie. Celui des gravats, de la fumée âcre, du bruit assourdissant. Du silence post-apocalyptique qui avait déterminé sa trajectoire.

Peut-être que tout venait de là, pensait-il confusément. De cette première réminiscence refoulée. Quant tout débute ainsi, tout finit pareil. C'est magnétique. Obligatoire.

Mais son cerveau refusait de coopérer. Non, trop facile. Trop commun.

Il lui fallait puiser plus loin encore. Il mélangeait tout.

A présent, il revoyait Erika et leur premier baiser sous le Most Ljubavi, le célèbre pont de l'amour, là-bas en Serbie. Tous les gamins en rêvaient à l'époque. C'était à qui réussirait le premier à emmener une fille là. Précisément là. N'importe laquelle pourvu qu'on réussisse. Avec sa cohorte de vœux et de bons présages. Il avait quoi dix, onze ans ? Erika, il en était amoureux, il l'avait choisie. Ça donnait encore plus de poids à ce pari fait entre garçons. Qu'elle accepte de l'accompagner et lui offre son premier baiser, c'était une victoire plus grande que la leur. Ça avait du sens. Un jour, grâce à cela il l'épouserait et il aurait des enfants. Ce serait leur plus beau et grand souvenir. C'était quand ? Deux jours avant le début du tonnerre, de la foudre, du carnage. Avant que n'explose la vie de sa famille et qu'il se retrouve seul.

Terrorisé.

Affamé pendant des jours et des jours.

Qui eût cru qu'il se souviendrait de cet instant, qu'il en gouterait encore des années après, la douceur, le parfum, la force de vie qui s'était déployée à cet instant-là. Comme un monde nouveau auquel il avait eu droit.

Mais qu'il avait oublié.

Comme ses racines. Ses jours de joie puis d'errance. Ce pays qui lui avait tout pris. Sa mémoire, pensait-il. Jusqu'à aujourd'hui. Alors qu'il était en train de crever, la gorge sèche, les sphincters oublieux, le sang en geyser sur son corps meurtri.

A priori, le calvaire n'était pas fini. Sa tronche de crevard agonisant continuait de balancer ses petites saynètes à deux balles. Comme s'il ne souffrait pas assez.

Et voilà que son pote Youri lui jetait un de ses sourires à la con, l'embarquait dans une partie de foot, retraçait pour lui les contours de la ville. Ruelles de son enfance, parking, stade, bibliothèque, magasin de journaux où ils s'asseyaient des heures, ensemble, à lire des bandes dessinées. Celles qui venaient d'ailleurs, auxquelles ils ne comprenaient rien puisque écrites dans une langue étrangère mais avec tellement de dessins qu'ils pouvaient en réinventer l'histoire et se dire qu'eux aussi, un jour, ils seraient à l'affiche. Vendus en kiosque. Youri au pinceau, Serguei à la plume.

Mais il y avait eu le tremblement du monde sur leur tête, et après ça, Youri comme Erika étaient morts. Et sans famille, les rêves s'écroulent.

Reste la réalité.

On se laisse embarquer par plus grand que soi. On se nourrit de la colère. On en devient l'esclave.

On avance droit devant. On écarte les intrus sur le chemin. On fonce dans le tas si c'est nécessaire. On prend des chemins qui deviennent des boulevards de castagne. Et qui finissent marbrés d'hémoglobine On oublie comment. On ne pense plus. On agit. On devance l'ennemi. Qui vient toujours par surprise. Qui fait tout péter, t'enfume la tête avec sa fumée blanche et fait tout oublier.

Les hier comme les demain.

Seuls restent les jours. Un par un. A vivre sans se retourner. L'unique projet étant de survivre. De passer entre les balles. D'en sortir vivant. D'en profiter. Le cœur pur comme il est à cet âge.

Jusqu'à aujourd'hui.

Aujourd'hui qui ressasse ce foutu passé. Dont il ne sort rien. Que des regrets et des douleurs à l'infini. Rien qui n'explique vraiment pourquoi le chemin s'est ainsi ouvert.

Plusieurs fois il a eu le choix. Une fois surtout, il aurait pu faire autrement.

Un flash encore et c'est le souvenir. Le souvenir d'Elle, la femme, qui lui tend la main. Impossible de se rappeler son nom. Mais sa beauté oui. Avec des yeux inouïs, de beaux habits, des belles manières et une voix douce. Pas comme sa mère, ça non, il en est sûr, elle était unique. Mais comme l'espoir. Avec des mots qui font croire.

C'était quand ? Trois ou quatre mois après les hécatombes ? Le temps d'une errance longue comme le Danube.

Une très belle femme. De la haute. Qui l'avait emmené chez elle. Qui l'avait nourri, lavé, bercé. Remis à la vie.

Six mois, ça avait duré. Elle n'avait pas d'enfants, la guerre lui en proposait plein. Déjà cinq quand il avait accepté de la suivre. Tous cabossés comme lui. Qui erraient dans les rues. Qu'elle pouvait sauver, protéger, faire grandir.

Le pays ne cessait de vomir sa flopée de marmots larmoyants. La rage des hommes laissait des orphelins.

Et des veuves.

Il y avait cru. Il avait essayé, c'est vrai, il avait essayé.

Et puis il y avait eu l'école. Le fameux jour.

Ce souvenir-là est précis. Il le voit nettement. Il pourrait y être encore. En vrai.

Il se revoit avec tous ces gamins, semblables à lui, assis sur des tabourets blancs devant des tables en bois et juste en face, le professeur Jovanovic, venu spécialement leur faire la classe.

La maison de la femme est grande. Assez pour encore sept autres gamins comme lui. Plus du tout poussiéreux, bien habillés. Le regard flou pourtant. Qui lorgnent par la fenêtre un parc au moins aussi grand que deux terrains de football. Vu la distance, le bruit du dehors, au loin, est comme amorti. Même si du ciel, des tôles de fer tournoient en permanence. Même si au-delà des remparts du domaine, des fumées grises projettent des souvenirs fantômes, des peurs enfouies.

On se croirait dans un cocon. Tout lui paraît riche et beau. Même ses stylos. Il en a quatre, rien qu'à lui. Un vert, un bleu, un noir et un rouge. Et un crayon de papier aussi. Et une gomme, une règle. Des feuilles. Un véritable trésor.

Il pourrait se remettre à dessiner. Il en a le droit. Autant qu'il veut. Mais le gris du monde pèse sur sa main. Tremblante. Déjà usée.

Le professeur Jovanovic est patient, mais strict. Sûr que s'il restait encore des mouches en vie, on les entendrait voler. Mais elles, comme tout ce qui vole, ont déserté les horizons. Sûrement parties s'ébattre ailleurs. Respirer un air meilleur.

Alors que lui non. Lui, il est là et il écoute ou il fait semblant. Ce que raconte le maître le laisse perplexe. Un rien tendu.

La leçon du jour est aux sciences naturelles. Tout ce qui concerne la vie sur terre. Animale, végétale, humaine. Tout ce qui vit depuis que la terre tourne sans s'arrêter, surement pour ça qu'elle en est devenue folle et que les hommes se débattent à feu et à sang.

Qui pourrait faire des tours de manège sans jamais descendre ? Certainement pas lui, il en est sûr. Mais ce qu'il pense il le garde pour lui, et la leçon se finit sans qu'il n'ait vraiment écouté. Tant pis pour lui. Et pour les autres aussi. Serguei se souvient encore de leurs regards à tous. Pas différents du sien. Tournés vers l'extérieur. Des yeux qu'on croirait rêveurs, qui sont en fait hagards, perdus, troublés.

Déchirés.

Des semaines qu'ils essaient de se faire à cette nouvelle vie. Mais il en faudrait plusieurs, des vies, pour s'arracher à l'écartèlement. Un pied dans la tombe d'hier, l'autre sur le chemin de la femme.

L'écart est trop grand, trop brusque, trop irréel surtout.

Et soudain, il a devant les yeux une copie. Une grande page blanche noircie de questions auxquelles Monsieur Jovanovic demande des réponses. Comme ils savent. Juste pour tester leurs connaissances, leur niveau. Elle sera notée, comme à l'école. Alors qu'ils fassent de leurs mieux.

Il dit tout cela lentement, comme pour les rassurer, les encourager. Mais Serguei sent bien qu'il attend autre chose. A l'école, avant, c'était déjà ainsi.

C'est un QCM. Il sait ce que c'est. Un questionnaire à choix multiples. En soi c'est assez facile. Suffit de bien lire les questions et les réponses et d'entourer la bonne. Parce que souvent, c'est dans le choix des réponses qu'il y a des pièges. Et les pièges, ça fout en l'air les bons résultats. Tu tombes dedans plusieurs fois et tu vois ta note dégringoler. Le maître t'apostrophe devant tout le monde et tu deviens la risée de la classe pour un truc de travers alors même que le reste est bon.

Aussi il s'applique.

Si à cet instant, le nez dans sa merde, agonisant dans un sous-bois, il n'avait pas le corps si engourdi, la respiration si faible et si froid partout, il pourrait encore ressentir combien cet exercice lui avait coûté de suées chaudes. Mais la mort est vorace, lente et précise, elle s'infiltre insidieusement, il la sent qui gagne du terrain. Aussi ressent-il les choses comme une chape de plomb supplémentaire. Et tous ces souvenirs-là ne le réchauffent pas.

Ils arrivent trop tard !

Ça lui parait dingue de devoir revivre tout cela alors qu'il est en train de mourir. Sa tête lui joue des tours ou alors il est déjà mort et il ne le sait pas. Ça rime à quoi de se souvenir ? C'est loin tout ça.

Qu'est-ce que la mort qui approche veut lui apprendre qu'il ne sache déjà ? Pourquoi s'acharne-t-elle à visionner cette pellicule de vie foutue ? Morte avant d'avoir commencé. Qu'est-ce qu'un gars comme lui a à tirer de ce rabâchage ?

Plusieurs fois, il a failli pleurer comme un gosse. Alors que quoi. C'est un homme à présent. De presque 17 ans. Qui n'a jamais fait dans la dentelle. Qui a fait ce qu'il a pu. Avec les cartes merdiques qu'on lui a transmises. Pas étonnant en fait qu'il en soit arrivé là. Il a pillé la vie, il en récolte les fruits. C'était prévisible.

Un sursaut, comme un étirement du temps, incontrôlable, entre aujourd'hui et hier. Le voilà qui bascule à nouveau. À sa table, le crayon à papier en train d'entourer les réponses qu'il pense jutes. Plusieurs fois il a hésité, plusieurs fois il a mordillé sa mine noire avant de faire son choix.

Ça lui parait simple en somme.

Surtout la question trois. Là, il n'a aucun doute.

Quel est le point commun à toutes les espèces ?
- Le squelette ?
- Le cœur ?
- La cellule ?

Il n'a pas hésité une seconde. Le cœur évidemment. Tout le monde en a un. Comment vivre sinon ? Il s'est même fendu d'un joli dessin devant la réponse deux. Un tout petit cœur dont il espérait que la femme en serait touchée. Que peut-être elle viendrait le voir, exprès, plus tard.

Il fallait bien qu'il la remercie, d'une façon ou d'une autre, pour tout ce qu'elle faisait. Même s'il n'était pas certain de rester.

Parfois, lui prenait l'envie de sortir dehors, vérifier si les choses avaient changé. Qui sait, y avait peut-être quelqu'un d'avant qui le cherchait ? Pas Youri, pas Erika, pas ses parents, ça non, il n'était pas fou, il savait combien ils étaient morts. Mais d'autres gens, de la famille lointaine, des amis de son père ? Un camarade qui se serait inquiété ?

Puis il croisait le regard de la femme, ses yeux immenses, presque tendres et il restait. Elle aussi faisait de son mieux, il ne voulait pas lui faire de la peine et en vérité, il ne savait plus où aller. Alors il se disait plus tard. Quand la terre aurait fini son manège. A force, elle allait bien comprendre qu'on ne pouvait pas tourner indéfiniment sans rendre les hommes déments.

Serguei sourit. Si ce n'est sa bouche qui en est encore capable, ce sont ses yeux. Ou son âme. En tout cas, il essaie et la voilà, qui pleure aussi. Abondamment. Comme le gosse qu'il n'est plus. Car il sait maintenant pourquoi il va mourir. Il a compris. Hors ses exactions, son parcours, sa trajectoire.

Ses choix.

Il va mourir parce qu'il n'a pas voulu croire le professeur Jovanovic quand il lui a affirmé que sa réponse à la question 3 était fausse.

Non Serguei ce n'est pas le cœur qui réunit toutes les espèces. C'est une bien jolie réponse mais elle est erronée. Ça vous fait un joli zéro poétique, en la sorte. Sachez que certaines espèces n'en ont pas, n'en auront jamais. Et quand bien même elles en ont un, vous avez bien dû vous en rendre compte de là où vous venez, qu'il n'est pas sûr que ça change quelque chose. La vérité, ce qui réunit les espèces de par le monde, ce sont les cellules, Serguei, les cellules, ce à partir de quoi toute vie sur terre se déploie.

Serguei en était resté choqué. Il s'était défendu, timidement, avait voulu faire entendre son point de vue.

Mais Monsieur, tout le monde a un cœur. Tout le monde. Même les méchants.

Et le professeur d'expliquer encore et comment la vie sur terre avait pu se développer. Il n'y avait pas à tergiverser. Les cellules, Serguei, les cellules.

La femme avait assisté à la scène. Elle était souvent présente, en fin de séance. Il s'était tourné vers elle, lui offrant son regard le plus démuni. Comme un appel à l'aide, cherchant du réconfort, un soutien. Mais elle avait baissé les yeux.

Par ignorance ?

Pour ne pas avoir à débattre avec le professeur ?

Pour ne pas avoir à prendre parti ?

Parce que si elle était d'accord avec le garçon sur le fond, sur la forme, la réponse était fausse et qu'il faudrait certainement des années au grand naïf qu'il était encore pour s'en rendre compte.

Plus loin dans la soirée, pourtant, quand il s'était couché, elle était venue le rejoindre et avait murmuré : C'est la loi de la nature, Serguei. Juste la loi. Moi j'ai un cœur, je te le promets. Et toi aussi. Je le sais bien.

Mais il était trop tard. Serguei se sentait trahi. Il avait ravalé ses larmes, serré les poings, avait fait semblant de dormir. Et plus tard, dans la nuit, il s'était enfui.

Il avait cru trouver un refuge, une forme d'amour, il avait découvert une cellule. Trop étroite, trop froide. Sans cœur.

Il l'avait appris à ses dépens pourtant que la terre est un manège fou qui rend les hommes aveugles et sourds mais il s'était fait piéger. Ici pas de bombes, pas de grand désastre, pas de mort.

Juste une cellule.

Alors il était parti. Jurant intérieurement qu'on ne l'y reprendrait plus. Il avait replongé dans le grand bain des abominations, frôlé la mort, ôté la vie parfois, s'était débattu souvent, avait traversé des frontières. Et ça avait marché. Il avait été là où son cœur le conduisait. Toujours. Pendant cinq ans. Trouvant sur son chemin des gens comme lui. Des femmes comme sa mère. Comme Erika. Et d'autres amis.

Il n'avait pas été qu'un animal. Une foutue cellule. C'était sa fierté. Sa guerre personnelle.

Il avait été un homme. Avec des cellules. Et surtout un cœur.

Jusqu'à aujourd'hui.

Jusqu'à quelques minutes avant. Cette ultime derrière seconde avant que tout bascule, qu'il associait à la même trahison qu'hier. Surement à ça que servent les souvenirs. A comprendre en toute fin ses erreurs.

Son erreur.

Comme quoi la vie est bien une farce, un grand manège. Qui l'avait rendu fou aussi.

Fou d'amour pour une femme qui l'avait trahi. Qui venait de lui planter un couteau dans le cœur. Ce grand cœur qui l'avait fait espérer en une vie meilleure, pour lequel il avait défié la loi des hommes trop souvent.

Il allait s'endormir ainsi. Sur ce mauvais choix. Sur ce cœur qui finissait de vivre ses derniers instants.

Le professeur avait raison.

Ne resterait de lui qu'un squelette et surtout, ses foutues cellules souches. Rendues à la terre. Déjà en train de nourrir des larves qui allaient se reproduire et faire perdurer la folie du monde.

Tant que tournerait la terre.

Tant que personne ne descendrait du manège.

Je dédie cette nouvelle à mon élève Novak,
Qui par sa mauvaise réponse
M'a inspiré cette histoire.
Je lui ai évité le zéro poétique
En lui soufflant la réponse demandée.
Mais lui et moi sommes d'accord.
Sans cœur, pas de grand voyage !

En bref !

Nuit – Brouillard – Train – Vitesse – Passager –
Femme – Jeune – Belle – Triste - Fuite –
Danger – Violence – Conjugal – Distance –
Sos – Peur –
Aide – Marseille – Parent –
Instant T - 23h32 – Collision - Freinage -
Bruit – Cri – Pleurs – A terre –
Sang – Spasme – Sidération – Larme –
Mot – Non –
Trou – Blanc – Trou – Noir –
Absence – Lumière –
Vision – Tunnel –
Air – Manque – Mal – Halètement –
Douleur – Poitrine – Dernier souffle –
Trop tard – Enfant –
Elle - Broyé –
Lui - Orphelin.

Ne rien demander !

Il est venu un soir d'hiver. Dans le même temps que l'ébauche de givre sur les herbes mouillées. On ne voyait pas son visage. Il était habillé d'une seule pièce. Emmitouflé par la nuit, le froid et l'humidité. De ma fenêtre, je l'ai vu sortir de la gare, traverser la grand-route et s'égarer dans la contre-allée qui mène à un cul-de-sac. Je suis restée à ma fenêtre, il allait devoir faire demi-tour. Un cul-de-sac ne mène à rien et encore moins celui-là, vu qu'il bute tout droit sur un mur d'enceinte d'au moins trois mètres de haut. Peut-être qu'alors, s'il venait à repasser sous le lampadaire, je pourrais l'identifier.

Etait-il homme ou femme, jeune ou vieux ? D'aussi loin, ma vue fatiguée n'avait pas su le démarquer.

Ce n'est pas souvent que des inconnus descendent en gare de V. Un train par jour, matin et soir et toujours les mêmes visages. Depuis le temps, j'aurais pu tous les nommer. Ils sont comme la grande horloge de mon salon, une espèce de tic-tac régulier à la mise en route de ma journée et à mon début de soirée.

J'ai failli ne pas le remarquer pourtant. J'avais compté les silhouettes. Tout le monde était de retour. La blanche Garnier, le gentil couple qui avait repris la ferme des Bastides, les frères Zarhi et la petite dernière des Gentils. J'allais donc fermer mes volets, plus rien ne se passerait avant demain matin, quand une ombre au loin a interrompu mon geste.

Elle venait du dernier wagon, en bout de quai. Surement que l'inconnu s'était mis en queue de train, pour ne pas se faire remarquer ou parce qu'il ne savait pas. A V. tout le monde descend du premier wagon. C'est le seul près de la sortie. Là où il y a le parking, les voitures et ma maison juste en face. C'est un ancien hôtel, du temps où le village vivait encore et où moi, Léopoldina, j'œuvrais avec mon Fernand à en faire l'escale incontournable pour se reposer quand les parisiens venaient visiter la région.

C'est qu'on a eu de beaux jours ici. Avec du grand monde, des bals et plus de touristes que le complexe du parc, dans la ville à côté, n'en compte aujourd'hui. Je savais servir des petits déjeuners 100% bio avant même que le terme ne soit à la mode. Des œufs, du lait, du beurre et du fromage de la ferme des Bastides, avant qu'elle ne soit rachetée. Des confitures de coings, de fraises, de myrtilles, de mirabelles ou de cerises comme Bonne Maman n'en vendra jamais.

Je dis ça mais aujourd'hui, je m'en contente très bien. Il faut savoir vivre avec son temps. Je n'aime pas me retourner sur le passé. Ressasser comme les vieux. Ça creuse les manques et si on tombe dedans, on ne se relève plus. J'ai déjà assez de mal à me tenir debout toute seule. Je dis ça aussi parce que je viens de fêter mes 95 ans, que je vis seule et que si je tombe, bah, je ne pourrai pas me relever. Aussi je fais attention. Je regarde devant moi. Jamais derrière.

C'est comme ça que je l'ai vu revenir. Je n'avais toujours pas fermé les volets. Je guettais à ma fenêtre, au cas où il ne ressorte pas et que je doive intervenir. Je n'ai jamais été une trouillarde. A 20 ans, la guerre m'avait appris à ne plus l'être.

Pendant toutes ces années que tombait du ciel la mitraille guerrière, j'avais eu le temps de l'apprivoiser ma peur. Si elle m'avait tétanisée au début, à la fin j'en étais venue à la défier.

Le remède me venait de ma grand-mère. Une sainte femme, ma Mamé. Un charme immarcescible et le regard aussi lumineux que l'étoile du berger. A croire qu'elle y puisait la sagesse lunaire d'avoir toujours su éclairer mon parcours. Enfant, elle avait créé pour moi ce que nous allions baptiser communément « La Boite Divine ».

Il s'agissait à l'époque d'une simple boite à chaussures, recouverte de papier doré dans laquelle j'insérais mes désirs, mes doutes, mes peurs ou mes questionnements. Ecrits à la main sur un bout de papier que je pliais bien proprement, ma boite se remplissait à chaque fois qu'une situation inconfortable paralysait ma vie.

Il s'agissait en cela de croire à la magie des étoiles, de s'en remettre au divin, aux puissances invisibles, de lâcher prise et d'attendre que le grand univers fasse son œuvre.

Le fait d'écrire ses ennuis et ses prières pour une intervention divine est un moyen efficace de travailler en partenariat avec l'invisible, disait ma Mamé. L'essentiel est de tout sortir de son cœur avant d'offrir symboliquement ses vœux au ciel.

Quand approchaient les fêtes de fin d'année, nous la vidions, toutes les deux, en brûlant, un par un, dans l'âtre de la cheminée, tout ce passé consumé, qui ne devait plus me poursuivre l'année suivante. Aujourd'hui encore, si la boite a changé et ressemble plus à un écrin argenté en forme de cœur, je continue d'y mettre mes tracas quotidiens. Et aussitôt la peur s'envole.

Tout ça pour dire, que voir cette silhouette fantôme arriver jusqu'à mon porche, ne m'a pas inquiétée une seconde. J'avais appris à accueillir la vie comme elle se présentait, et ce quel que soit son visage.

Celui de l'homme qui venait de sonner chez moi dégoulinait de sueur. Je percevais dans la fente de ses yeux une fièvre qui allait bientôt le faire vaciller à mes pieds si je n'entrouvrais pas ma porte aussitôt pour le recueillir. Sûrement que dans le fond du cul-de-sac quelques biles amères avaient dû le soulager. Aussi, ai-je réagi par instinct, sans me poser de questions, ni envisager que ce puisse être une feinte et je l'ai fait entrer.

Dans son regard, j'ai lu l'étonnement et quelque chose de plus profond aussi. Comme une lueur de vie qui reprenait espoir. Nous n'avions toujours pas parlé, il semblait incapable de le faire. J'avais vu ses lèvres remuer pourtant mais aucun son n'en était sorti. Il m'a suivie jusqu'au salon, je l'ai fait asseoir dans le fauteuil de feu mon Fernand, à droite de la cheminée, le mien était en face, sur la gauche et dans les secondes qui ont suivi, il s'est endormi. D'un coup. Sans que j'aie eu le temps de rien. Tout habillé.

Je pense que la chaleur et le confort avaient eu raison de son épuisement.

Je n'ai pas osé le dévêtir. Ni même l'approcher. J'ai rajouté une grosse bûche, et je l'ai laissé, ainsi, avec son gros manteau d'hiver, son écharpe et son bonnet. Puis, je suis allée finir de fermer mes volets, verrouiller la porte, j'ai fait chauffer ma soupe, mis un bol de côté pour l'homme endormi au cas où et plus tard, vérifiant qu'il ne se réveillait toujours pas, je suis allée me coucher.

Au matin, il avait disparu.

J'ai trouvé à côté du bol de soupe, vide, une pièce d'un euro et une tige d'aster plongée dans un verre d'eau. J'en avais tout un parterre devant la maison. Il avait dû revenir sur ses pas et rajouter cette offrande, coupable peut-être de ne pouvoir me laisser plus qu'une modeste pièce en guise d'au-revoir ou de remerciements. J'avoue avoir été attristée. Non pas de ses contributions que je trouvais touchantes mais de sa fuite.

Depuis 10 ans, la mort de mon Fernand, le silence et la solitude étaient mes seuls compagnons. Si je m'y étais fort bien accoutumée durant toutes ces années, compensées en partie par la visite du docteur une fois par mois et de mon aide de vie trois fois par semaine, l'idée d'avoir un hôte de passage, m'avait mise en joie.

Comme une résurgence du temps où...

Au réveil, je m'étais levée presque guillerette. Quelqu'un m'attendait au coin du feu. Quelqu'un qui avait eu nécessité de moi, que j'avais pu soulager. Quelqu'un que j'allais peut-être devoir écouter, distraire. Qui était venu frapper à ma porte parce qu'il avait besoin d'une amie. Quelqu'un qui resterait.

Un peu. Beaucoup.

Ou, en tout cas, qui ne s'enfuirait pas si vite.

Plusieurs jours durant, j'ai guetté à ma fenêtre le retour de la silhouette fantôme. Je me disais qu'une fois fait ce qui l'avait mené à V. elle repasserait. Pour dire merci. Pour dire au revoir. Pour dire que je n'avais pas rêvé.

Que je n'étais pas une vieille folle en train de perdre la tête.

J'ai gardé tout cela en moi, cette attente et ce doute et j'ai continué de surveiller. J'essayais de me rappeler son visage. Je l'avais mal vu, emmitouflé d'un seul tenant. Tout juste son regard enfiévré et malade. Sa corpulence d'homme mûr, peut-être dans la quarantaine. Sa démarche usée pour arriver jusqu'au fauteuil. Ce sifflement quand il s'était endormi, la respiration entravée. Et une vague odeur de tabac qui avait persisté quelques heures après son départ. Je dois avouer que j'ai espéré longtemps son retour avant de renoncer.

Dans ma boite divine, j'ai inséré sous forme de dessin, une silhouette en forme de point d'interrogation. Je me suis dit que l'univers m'accorderait peut-être cette dernière volonté. Que je ne devais plus m'en soucier. Ce serait certainement le dernier vœu que je ferais de toute ma vie.

Mais l'hiver est venu, sans réponse. Alors, au premier janvier, j'ai brûlé ce papier au milieu des quelques autres. Et je me suis endormie. Définitivement.

Sans plus rien demander.

Ni attendre.

Plus tard, au printemps de la même année, un homme s'est garé devant le vieil hôtel. Après avoir trouvé porte close, attendu à son tour puis croisé le facteur, il s'est dirigé vers le cimetière.

Il a traversé tout le village, à pied, tête baissée, lentement. Il a grimpé la rue de la Croix Boissière, a poussé la vieille grille en fer forgé, a parcouru les allées puis s'est arrêté devant une tombe.

Ma tombe.

Il s'est agenouillé pendant un long moment et dans une langue quasi inaudible, hésitante, a murmuré :

« Pardon... Et merci, Madame... Vous m'avez sauvé la vie ».

A ce moment-là, je l'ai reconnu.

Il portait une veste légère, son regard était trouble mais plus du tout fiévreux. Il avait dans les mains un bouquet de fleurs. Des roses blanches. Et rouges. Et roses. Et jaunes. Comme s'il avait voulu réunir, en une seule gerbe, toute la lumière qu'on lui avait offerte un soir et qui l'avait soutenu jusqu'ici.

Un bel homme comme je n'aurais pas pu l'imaginer. Robuste et en parfaite santé.

Un homme qui se croyait en retard et qui pleurait.

Alors j'ai su que je n'avais pas rêvé et que je n'étais pas morte folle.

J'ai su que l'univers ne m'avait pas oubliée. Qu'il existe des liens si ténus qu'ils en deviennent des miracles. Des fils tendus entre les hommes et les femmes dont on ne connaitra jamais ni la source ni l'histoire ni la provenance, et que ce n'est pas ou plus important.

J'ai compris, pour qui sait le reconnaitre, que l'invisible est au cœur de toute âme.

Qu'il ne faut rien attendre des dieux.

Mais bien, juste un soir, ouvrir une porte…

Et surtout, ne rien demander.

Le Prix de l'Art

Tu avais lu son annonce, « *Artiste cherche Modèle* », suivie d'une adresse.

L'inspiration se nourrit de tout, alors pourquoi pas d'un type comme toi ?

C'est parce que tu te savais laid que tu y étais allé. L'art doit être surpris, bousculé, anéanti, pour survivre. Il doit se rebeller, forcer le beau.

L'artiste était une femme.

Peintre.

Ses toiles étaient vierges. Depuis six mois, la couleur n'y tenait plus. Elle glissait, indifférente et muette. Aucun sujet n'était digne.

Elle a tout de suite compris en te voyant ce qu'elle pourrait tirer d'un type comme toi. Ses yeux ont balayé ton corps, scanné ta laideur. Elle a eu cette grimace au coin de la bouche en bredouillant « Oh mon Dieu ! ».

Tu n'en espérais pas moins.

Vous avez passé des heures dans son atelier. Elle derrière sa toile, toi dans sa lumière. Des heures qui compliquaient les jours, semaine après semaine.

La laideur finit toujours par s'imposer. On lui trouve une âme. Belle, fière, digne. Alors l'inspiration décroît. La transe s'amenuise.

Reste le sujet. A exhorter. Ou à provoquer.

Vous aviez cru faire l'amour, mais il y a longtemps déjà que tu ne faisais plus l'amour. Tu étais devenu âpre et revêche. Le plaisir eût été un blasphème. Bien trop doux, bien trop beau. Et toi tu étais fort. Fort et laid.

Votre violence était dans les prémices. Maculées de sang et d'urine. Sanies.

Tu lui arrachais un cri, aussitôt elle se libérait. Et sur la toile se déchaînait. En jet de peintures. Eclaboussées.

Elles étaient là, les unes derrière les autres, témoins de votre grandeur. Et de votre décadence.

Tu avais gagné. Le poison de ta vie était en elle. L'atelier vomissait vos abjectes salissures.

L'art était transcendé.

Pour le dernier tableau, elle a tendu la toile au sol. Vos corps enduits de peinture se sont accouplés. Vous avez mangé, dormi, déféqué.

Puis vous avez laissé sécher.

A l'inauguration, les critiques se pinçaient les narines en ouvrant de grands yeux.

Certains y voyaient du génie.

D'autres criaient au scandale.

Le succès était assuré.

3 mois, 6 jours et 2h30…

Un jour, je te l'avais promis, nous irions ensemble. C'était prévu, je t'emmènerais là-bas, au bout du bout et je te le montrerais :
Ce cercle infini creusé d'une virgule alanguie.
C'est ainsi que je nommais mon impénétrable. Cet endroit mystérieux entre tous. Ce graal. Ce trésor.
Et ce faisant, à chaque fois, je pérorais, en faisant de grands gestes. J'en faisais une énigme, je prenais des chemins détournés. Je créais l'envie, la profondeur, la magie ou encore l'illusion.
En somme, soyons honnête, je noyais le poisson
A cet instant précis, tu ouvrais de grands yeux. Tu tentais de voir, d'imaginer, de saisir une forme, un espace, une résonance.
Cercle infini creusé d'une virgule alanguie, c'était assez flou pour encore longtemps te tenir en haleine.
Je ne disais jamais quand, mais à chaque fois, solennellement, je t'en faisais promesse. Nous irions. Puis les jours passaient et j'oubliais ou je faisais semblant ou je remettais au lendemain.
Toujours au lendemain, parce que c'est plus facile, moins dangereux.
Parce que c'est ainsi que font certains hommes, les idiots comme moi, froussards, mal à l'aise, un tantinet pudiques. Certainement lâches.
Pour te faire patienter, je t'en racontais à l'envi, l'origine. Qui remontait bien avant nous et toute l'histoire du monde.

C'était comme une terre vierge qui avait su garder en mémoire l'âme du monde.

Toute l'âme du monde. En un seul endroit.

Toute son entièreté, sa pureté, son authenticité. Sa naissance, ses secrets, son histoire. De la moindre particule de poussière à la plus haute de ses montagnes.

C'était l'âme des hommes, des terres et des bêtes ; de la pluie, du vent et des brouillards ; et même du soleil et de la lune avant qu'ils ne soient séparés.

C'était le premier amour, la première larme, le premier vagissement. Et les suivants. Sans chronologie ni ordre précis. Parce qu'ainsi vibrent les émotions qui naissent l'une de l'autre et sont indissociables.

Et toi tu m'écoutais, avide et curieux. Tu buvais mes paroles comme on goûte un nectar. Avec mille paillettes dans les yeux et une soif inaltérable.

Déjà le voyage était en toi.

Tu imaginais un paradis quelque part, une perle rare, un oasis luxuriant. Tu voyais voler toutes sortes d'animaux. Tu les entendais rire, glousser, se déployer, et tout renverser sur leur passage.

Chaque soir à la même heure, parfois même quand tu dormais déjà, ou à l'aube quand je rentrais et que toi tu te réveillais.

Il suffisait que je te respire, que je vois ton ventre se soulever, un mince filet d'air me hérisser les poils et je reprenais la légende.

Cet endroit dans l'univers où résidait l'âme du monde. J'étais sûr que tu m'entendais, que tu me comprenais.

J'ai même cru un moment que tu en venais.

Tu avais en toi tout ce que, au fil de mes causeries, j'y avais mis.

L'étrangeté. La souveraineté. La beauté. La folie. L'insupportable fatalité.

Peut-être est-ce toi qui venais à moi pour me raconter ce pays magique, ce lieu mystique, auquel je n'avais même jamais pensé ?

Il avait fallu que tu naisses pour que je le découvre et que je te le raconte.

Tu me l'avais inspiré, ça devait être ça. Tu venais de tout toi me l'apporter sur un plateau et en te le racontant, je le découvrais.

Comme toi, émerveillé. Comme toi, ensorcelé.

L'âme du monde dans ton regard. Et la nuit des temps. Des guerres. Des deuils. Et des joies qui s'ensuivent en un cycle perpétuel.

Je découvrais cela. Révulsé. Transi. Inquiet.

Touchant aux origines, j'y revenais. A la mienne. A la tienne. A la nôtre.

Grâce à toi, je découvrais qu'il existe réellement un là-bas, une sorte d'éternité, à l'abri de toutes les ignominies.

Incassable. Inviolable. Indétrônable.

C'était une offrande comme l'homme avait pu en faire aux dieux, aux saints, aux esprits ou aux chamans de toute sorte. Et croyant l'inventer, me l'approprier pour mieux te l'offrir, je découvrais que l'inverse se produisait.

Tu étais né et de ce jour, une porte s'était ouverte. Un chemin que nous empruntions ensemble. Dans ma grandiloquence. Grâce à mon imagination. Ma folie du verbe et des mots.

Je croyais t'en promettre l'accès et c'est toi qui me tendais les clés.

Je prenais mon temps. Il me semblait que les promesses sont faites pour ça. Croire qu'on a le temps. Qu'on peut remettre à plus tard, procrastiner sans vergogne. Se salir le corps et l'esprit à accomplir plus urgent.

Qu'y avait-il en ce temps de plus urgent que toi ? Et comment l'aurais-je su ?

J'étais sûr, puisque je te l'avais promis, qu'un jour je trouverais le moyen de t'emmener là-bas. Sans en mourir moi-même, sans y laisser ma peau. Sans avoir à prononcer le mot fatidique pour lequel j'inventais, chaque jour et sans cesse, dix mille tours de passe-passe.

A force, il est évident que j'en perdais ma sécurité, mon insolence, ma légèreté, mon insouciance.

Je creusais les failles. Je me labourais de l'intérieur.

J'avais baissé toutes mes gardes.

En y repensant, après coup, tu savais déjà tout ça, n'est-ce pas ? De qui ou quoi je faisais mystère ? Tu avais déjà inféré puisque même, je le sais à présent, tu étais venu pour ça.

Pour fracasser cette porte, cet interdit. Pour me permettre d'aller en cette terre inconnue, de la reconnaitre pour ce qu'elle était.

Ma part inavouée.

Mon incapacité fondamentale.

Il aura fallu que tu meures, une nuit dans ton sommeil, pour que je m'en rende compte.

Idiot doublé d'un crétin que j'étais !

Il aura fallu que j'arrive trop tard, en retard d'une promesse. Encore une de trop. Qui en a eu marre d'attendre.

Toi, mon fils géant, du haut de tes trois mois et six jours et deux heures trente de vie, tu m'as montré le chemin.

Vers là-bas.

Cercle infini creusé d'une virgule alanguie.

Rien qu'une vaine circonvolution pour ne jamais oser parler ouvertement de mon cœur. Mon antre. Ma joie. Toute ma vulnérabilité. Et ma tendresse.

Né avec toi, pour toi, en toi.

Mon cœur, cet organe de vie et de mort. Si grossier et fragile et pourtant si vaste.

Qui tient lieu à lui seul d'âme du monde. Dans et par lequel, tout a été su et sera su jusqu'à la fin des temps.

Pauvre cœur meurtri que je découvrais vagissant en mon sein. Vaine pulsation qui n'enfantait plus que de la colère, du mépris, du remords et du dégout.

Une souffrance à créer un déluge de larmes capables de soulever mille océans.

Et une nostalgie aussi, assez pitoyable pour venir chaque jour, devant ta tombe, te déverser enfin mon amour.

Comme j'aurais dû le faire de ton temps - trois mois, six jours et deux heures trente - avant que tu ne partes, vers un autre là-bas, où, et c'est bien ma peine, tu ne m'as toi, jamais promis de m'emmener.

Hommage

Cela ne faisait pas dix minutes que j'étais là, quand le mec d'à côté s'est mis à brailler comme un forcené « *j'encule la justice, vous m'entendez, bande de minables, j'encule la justice* ».

Il s'accrochait aux barreaux de la cage, gueulant son juron en boucle, mimant dans un mouvement de rein sa rébellion misérable.

Quelqu'un a cru bon de lui demander de la fermer « *D'accord l'artiste mais en silence, nous, on voudrait pioncer* ».

Sûr que ce n'était pas le bon ton à employer. Ces mecs-là prenaient le verbiage pour une pratique de pédés. Ça n'a fait que l'exciter encore plus. Il m'a semblé qu'il redoublait dans les aigus. Je me suis contorsionné pour le voir.

Il avait sorti son engin et commençait à se branler, l'autre main toujours accrochée aux barreaux, la voix de plus en plus chevrotante « j'en…cule… la… jus…ti…ce ».

Il mettait du cœur à l'ouvrage, le zigue. Je me demandais même à qui il pouvait bien penser pour arriver à bander dans un endroit pareil.

Il croyait peut-être à ce qu'il disait. Peut-être que la justice avait figure d'une juge en robe retroussée, le cul offert à une jolie sérénade.

Le leitmotiv manquait d'imagination mais dans certaines circonstances, l'excitation se nourrit de peu.

Je me disais que ce n'était plus qu'une question de secondes, une minute tout au plus.

Il allait balancer la sauce et nous foutre la paix.

Ça n'a pas loupé. Le type s'est recollé au fond de sa cellule et pendant cinq minutes, on ne l'a plus entendu.

Je me demandais s'il avait vraiment joui. Pas comme on jouit d'une petite branlette dans les chiottes, misérable et frustré. Ou si d'autres l'avaient suivi en douce, de concert, sans faire grincer le sommier ?

Puis j'ai entendu comme un râle. Un Grrrr poussif mais crescendo.

Le type s'était mis à ronfler. Un vrai bulldozer.

Je me suis demandé ce qu'il foutait là.

Je n'avais encore jamais vu ni entendu quelqu'un enculer la justice.

Faut dire que je ne créchais pas là toutes les nuits, non plus.

A cinq heures du matin, un maton s'est ramené. Je venais juste de m'assoupir. Il a demandé, agressif « Chinaski, c'est qui ?».

J'ai entendu le type d'à côté faire un boucan de tous les diables. Sûr qu'il s'était pris les pieds quelque part. Quand je suis passé devant sa cellule, il était au garde à vous.

« Chinaski qu'il m'a dit, mon frère, je ne savais pas que c'était toi. J'te connais tu sais. Ecoute... eh... attends, Chinaski, mon pote. Moi aussi une fois j'ai écrit un poème. Tu veux l'entendre, hein ?... »

J'ai tiré le bras du gardien, signe qu'on pouvait bien prendre deux minutes. Comme il semblait aussi curieux que moi, on s'est arrêté.

« Y a pas de titre mais si tu veux t'en mettras un... Il semblait hésiter. Bon bah, ça commence comme ça alors : *Vous pouvez toujours serrer l'étau, Vous n'aurez pas le dernier mot, Je viens peut-être du caniveau, Je n'en suis pas moins beau, Si ça se trouve j'ai un cerveau, Qui connaît des trucs rigolos, Faut pas me prendre pour un râteau, J'ai autant d'humour qu'un frigo.*

Il y a eu un silence effrayant.

Il attendait sûrement que je lui dise quelque chose.

Le gardien m'a embarqué.

Dans mon dos je l'entendais qui me criait : « Hé Chinaski, tu vas leur dire ? Hein, dis-leur comment J'encule la justice…Dis-leur… »

Il s'est remis à secouer les barreaux.

J'ai juste eu le temps de me retourner, le mec remettait ça de plus belle.

Alors j'ai souri.

Je suis sorti de là, le jour se levait.

Je suis rentré chez moi, j'ai picolé une bière.

J'ai appelé Lily. Elle m'a dit qu'elle passerait mais plus tard. J'ai continué de picoler.

J'ai repensé à tout ça.

Et j'ai commencé d'écrire « Hommage ». L'histoire d'un type qui encule la justice.

Même si je n'ai jamais su pourquoi.

Conclusion

Je suis le dernier, le dernier de la liste. On est vingt-six mais je suis celui-là, il en fallait un tu me diras. Je sais pas à quoi c'est dû, ma silhouette peut-être. Y'en a qui disent que je biaise, faut voir.

De toute façon pour ce qu'on m'utilise, c'est pas grave. Au plus si je dépasse les 200 mots. Et j'inclus les noms propres. C'est-à-dire quelques lointaines contrées et pas mal de grands personnages. Mieux encore j'admets les déclinaisons faites à partir d'une racine essentielle, du genre Zoo donc Zoologie, Zoologique, Zoolâtre moins pire que Zoophile et bien différent de Zoophobie. Tu parles d'un règne...

De quoi être atteint de Zoanthropie quand ce ne serait que de la Zoopsie...

Oui d'accord, je vois déjà W, X, Y qui me torpillent du regard. Evidemment les pauvres, ils souffrent de solitude plus que moi. Autant que les mots en suspens, ceux-là mêmes qui se retiennent dans une grimace et se perdent dans l'espace d'une pensée qui tiendra le mystère jusqu'au bout. Mais pas le K ni même le J ou le Q. Eux ils se taisent. Quand on a Karma, Justice et Quintessence dans sa filiation, on se tait et on la joue basse ! Non mais !

J'ai donc pour moi le Zodiaque, ce qui me fait un groupe d'admirateurs considérable. Mais aussi tous les Zinzins, les Zigotos, les Zigs et les Zonards de seconde Zone. Tu parles d'une panacée.

Alors quand je suis vraiment trop déprimé, je me tape un Zygomatique et je fais le Zouave parce que bien sûr tu peux rajouter à ma liste d'enfants terribles, une maladie : le Zona - un homme fossile : le Zinjanthrope - un concept négatif : la Zizanie - un ennemi redouté : le Zéro - un vice : le Zézaiement - une erreur d'aiguillage : le Zigzag.

Tu parles qu'avec ça je peux jouer les Zorro ! Que Zébi, oui !

Rajoute à ça un groupe de passionnés de Jazz : les Zazous - un maître incontesté : Zola - un peuple : les Zoulous - une danse espagnole : le Zapateado - un révolutionnaire mexicain : Zapata.

Quelle jolie famille ! Manquait plus que Zabulon, il est là aussi. Amen !

Mais je reste Zen. C'est au Zénith ces temps-ci, quelle chance ! Et ce n'est pas la Zingara qui me contredira ! Elle, tant qu'elle danse ! Et qu'elle flirte ! Avec qui ? Mais le Zizi, voyons !

Lui c'est mon joker, mon atout. Avec ses pépettes Zoïde et Zygote, ils sont les maîtres de la fécondation. Imagine les Zélateurs et que ça te Zoome à tout va…

Mais voilà, déjà fini. Et Zut auraient dit les poètes Zutistes! Je te l'avais bien dit, que quelques mots, pas même un roman. On va se quitter si tu ne m'as pas déjà Zappé.

Sinon, viens, suis-moi, on se retrouve au Zinc du coin et s'il me reste un Zest de plumages on en profitera pour Zieuter tout ce qui bouge…

Pas vrai le Zèbre !

Je dédie ce livre à tous les fans du genre.

*Plus qu'un simple et anonyme lectorat,
Vous êtes une communauté formidable.*

Merci de votre présence sur mon chemin….

*A bientôt au paradis des psychopathes !!!
Gloups, je voulais dire
En salons…* ☺

Ou…

Site internet : louvernet.com

louvernet67@gmail.com

Facebook :
https://www.facebook.com/RomanLouVernet

***

N'hésitez pas à laisser vos commentaires
Sur FB ou sur les sites :
Amazon.fr – Fnac.com – Babelio.com – etc.